# 潜江诗群

（2018–2019）

黄明山 ◎ 主编

长江出版传媒 | 长江文艺出版社

图书在版编目（CIP）数据

潜江诗群.2018-2019 / 黄明山主编. -- 武汉 ：长江文艺出版社，2023.2
ISBN 978-7-5702-2294-0

Ⅰ. ①潜… Ⅱ. ①黄… Ⅲ. ①诗集－中国－当代
Ⅳ. ①I227

中国版本图书馆 CIP 数据核字（2022）第 008548 号

潜江诗群. 2018-2019
QIANJIANG SHIQUN.2018-2019

责任编辑：胡　璇　　　　责任校对：毛季慧
封面设计：江逸思　　　　责任印制：邱　莉　　王光兴

出版：长江出版传媒　长江文艺出版社
地址：武汉市雄楚大街 268 号　　　邮编：430070
发行：长江文艺出版社
http://www.cjlap.com
印刷：湖北新华印务有限公司

开本：640 毫米×970 毫米　1/16　印张：17.25　插页：4 页
版次：2023 年 2 月第 1 版　　2023 年 2 月第 1 次印刷
行数：5386 行

定价：58.00 元

# 目　录

# 陈　灿

## 清　明

### 一

当阿里郎
响彻锦绣宫前
当金达莱
绽放在上甘岭上
平安道的烈士陵园
又到了思念的季节
高山上的英灵
遥望着故乡
长白山的白雪皑皑
鸭绿江上水汽氤氲
山苍苍
水茫茫
望不到啊
我的北国和南疆
山之上
有国殇

二

野人山的原始森林
零落的枯冢上
绽放出绚丽的花
黄花岗的烈士墓前
芳草萋萋
龙华的桃花
如血一样殷红
渣滓洞
集中营
还有那万人坑
细菌实验室……
无不草长莺飞
生意盎然！
生命在哪里被摧残
就在那里朝气蓬勃！

三

倒一杯老酒
品着柳绿桃红
品着花香鸟语
枯木上长出新芽
戈壁上开满鲜花
骏马奔腾在万顷碧海

青石板
油纸伞
还有丁香一样的姑娘
点缀着水乡的梦
且把思念
寄予这温润的风
燕子来时
梨花带雨

（选自作者博客）

# 陈　芳

## 小村初夏

阳光漫过庭院
屋檐下小鸡啄米

风抚树的枝叶
美好，都在眺望里

田园缄默
麦子盛满阳光

我的脚尖撞翻露珠
开成一朵，小花的样子

（2019 年发表于《潜江日报》）

## 聊起春天

临窗而坐
我们聊着这个春天

聊起桃花红菜花黄。而梨花安静
一朵挨着一朵

笔闲着，茶暖着
8 度的小酒拿出来
桃花酿成的汁液明媚
你的笑颜，在眼中丰盈

窗外，久违的风景。正以春雨的姿态
赶赴在路上。万里河山
已绽出盛大的光彩

（2019 年发表于《潜江日报》）

## 水色梅苑

（一）

我这里下雨了
你那里，也泛起了涟漪

清风在门前走过
告诉我，你的消息

湖水，塔影，芦苇

轻飞的鸟雀
雨韵轻细

这雨多么好，仿佛
在水面抄写心经

仿佛你我，彼此滋养的眼神
在水色薄烟里
相遇

（二）

晨风微凉
袅袅婷婷的荷
与我隔水相望

莲叶摇动水声
云的白，天的蓝
在同一片波心里荡漾

风拂过
鱼和飞鸟的故事

一朵荷，静默修禅
一瓣露珠
滴成清响

（三）

我站在古居的门前
听风漫过庭院
踩出莲叶的清响

湖水微澜，月亮挂上树梢
紫色的木槿花，温凉

让我用一支短笛，滋养清凉的夜晚
让我在月光里静坐

看一条鱼
跳出水面
又沉入水底

（2019 年发表于《咸阳日报》）

# 沉　河

## 孤　雪

我的心里藏着一首写雪的诗
它如雪美好，如雪优秀
如雪洁白，如雪纯粹
孤傲、绝对
我从不把它拿出示人
我怕它如雪般融化，被玷污
终无意义地存在
我让它仅有着雪的想象与情感
在寒冷黑暗中保持
警觉与反光

## 倒　走

我如何想到了以倒走的方式健身
在生意兴隆的办公大楼找到
一个人迹罕至之地，迈开
反方向的第一步、第二步

踉跄，歪斜，小心翼翼，终不致摔倒

经过半个多月每天二十分钟的倒走
我终于感到佝偻的身躯有些挺直
突出的腰椎间盘又缩了回去；也不再感受
背后的窃窃私语、指指点点。尽管
我所能看见的事物离我越来越远
我越来越远离那些正步走的同类

偶尔，一个拿着饭盒的人经过我
一个要去卫生间的人经过我
一两个无所事事闲逛的人经过我
他们提醒我人间尚在
是的，人间尚在，我倒走如飞
我没有逃离，只是一个抵抗者
抵抗着远不能抵抗的时间、命运
和所有的迷途

## 定根水

每次栽上一株新苗后，浇水
便是这小小事情的
完成仪式。水来自上天
被我接在一缸里，澄得很清

平时我并不用它们浇花，只在
这样的下午，阳光温煦
新栽的花草急切需要
一场雨露定根。我郑重地
打开缸盖，用一只旧碗
舀起这水，把它们轻轻地滴在
刚刚翻起的泥土里。这水
被叫作定根水。它们
顺着根茎流淌，填满
泥土中的空隙，并饱含着
生长的气息，让根紧紧地
依附在地里，找到根据
这水，只是初次被灌溉的水
代表了以后须臾不可缺失的水
被我呼唤出来，在初春
或初秋的日子

## 诀　别

——纪念伯牙、子期

他带着自己的琴赶路，日夜兼程
当他走到汉水边，让真实的流水
在眼前流过，对面的高山早已坍塌
一声崩裂的叹息结束了

两人诉说与倾听的命运
他停了下来。并非无路可走
只是再也不想走。他历经沧桑
琴也变成了一根老木
江汉上空的弦响早已如云消散
茫茫夜空，星星互相打着
遥远的照面。他举起那人的斧子
劈向那根老木头。他从没有想到
高山的力量远远大过流水的力量
沉重，有力，狠狠的一击
琴身便分为两半
诉说还是诉说，倾听还是倾听
仿佛他们从来没有彼此依伴
万物死寂一片
万古的孤独亦如斯
他生起一堆火，照亮了自己
那堆火，燃烧着流水的声音
生长成一座高山
他想起某个夜晚，那人
打完柴回来，给他生起一堆火
火光温暖了两人
“善哉，峨峨兮高山
善哉，洋洋兮流水”
多么好啊，多么好啊
一个是流水，一个是高山

一个把另一个要听的话说出
一个把另一个要说的话听到
一个义无反顾地选择远离尘嚣
一个持之以恒地完成艰苦生活
从今往后，山高水长
最后的流水是大海
最后的高山是云峰

## 求生与等死

世上有两个人：一个叫求生，一个叫等死
他们一起走在一条由生到死的单行道上

求生无限鄙夷地看了等死一眼，心里说
啥事不做，枉为人生。便靠向左边行

等死无限鄙夷地看了求生一眼，心里说
做个啥事，迟早一死。便靠向右边行

寂寞又无聊中，会偶遇一个叫找死的人
这个逆行的人让求生和等死不禁靠拢了点

## 吾是我

——给庄周

我在旧手机上装了个新电话
申请了一个新微信，并命名：吾
我让它只有一个联系人：我
一个好友：我
夜深人静时，一个拨响另一个
我说话给吾听
我扫了吾，吾添加了我
我白天发朋友圈
吾晚上发。吾给我点赞
写留言，我回复了吾
我给吾发红包，推荐好文章好电影
我有时骂骂吾，这是在众所周知的朋友圈
极少发生或者没有发生的事
也不担心吾和我反目成仇
吾必须树立起接受的勇气并忍受我疯狂的折磨
有时站在吾孤独的微信里
看我那个热闹的朋友圈所显示的真相
俨然是一面镜子，照出孤独的自己
日子像平常一样流淌
激荡，高潮，平息

却有了两条河道，两种生存
吾的手机放在左口袋
我的手机放在右口袋
允许拿错了它们，再轻轻地抚摸下
把两个相同的人放回

（选自作者博客）

# 丁香结

## 山有木兮

那时，她情窦初开
尚在书中跋涉，爱情两字
还在书外羞涩

那天，有阳光一米照进讲台
他在黑板上写下《越人歌》，在
“山有木兮木有枝，心悦君兮君不知”
下面，画下重重的波浪线

她打开笔记本
认真地写下：山有木兮
然后又迅速地合上笔记
低头，不敢看春风的来处

## 一场暴雨

我始终相信，55个从潜江走失的湖泊

至今依然流落在外
无家可归。偶尔寄人檐下
或风中相遇，抱头大哭一场

我始终相信，每一滴水
都背负着沉沉的乡愁
上天，入地。
只为找到一条回乡的路

当云朵打开门扉
我们要学会原谅，久别重逢后
一些水的失态。比如把低处当湖泊亲吻
把高一些的地方当岸拍打

看集结归来的水
诉尽离愁后
又依依不舍地，缓缓离去

（发表于《荆州日报·垄上诗荟》第 222 期）

## 唱　和

石头吐水，鸟声滴翠
山中，流水向下，飞鸟向上
这并不妨碍它们

成为爱人，知己

对于它们的一问一答，一唱一和
因为不懂，所以噤声
因为懂，才想在窗前挂一串风铃
取流水的音质
等另一声鸟鸣，推开繁华
应答于风中

（选自作者博客）

## 古城行

到城中的沱江边洗一洗尘
太阳就下山了
两岸的吊脚楼在水波中荡漾
招手。一种仪式
就这样在无声中完成

我流连的小巷
每一块青石板都来自山中
有过千年的修行
脚底的每一次叩问
都能得到一声远古的回响

店铺里，挂满了玉石
银质的饰品
现代和古典在此交汇
就像我，从众多的游人里
再也辨别不出苗家妹和都市女

很庆幸，我来得还不算晚
流水还清，古城尚古

## 苗王城

王位空置。入城
没有人问起我汉人的身份
石板路，吊脚楼
都是解除戒备的样子
碉堡，像一枚战争的标本
被新生的树木掩盖

在喝过的酒中
还是喜欢糯米酿的那种
不温不火，有点甜
在苗王城
应该是和平的味道

（发表于2019年《雷雨文学》秋季号）

# 丁武健

## 门前一棵秃树

就这一棵是秃的
其他的都青着
像是陪衬
我进进出出
偶尔有几只鸟
哗的一声像树叶一样飞走
我才抬头看它
看它的秃
在一排的青中
是另类。在冬季
它已经不能遮挡我了
阳光和雨都不能
有时，我久久站在下面
无荫可庇地站在下面
我也像个另类

## 柳条上的小鸟

柳条上挂着一只小鸟
一个实习生在一旁临摹
如此完美的一幕
哦，就起风了
小鸟随柳条摆动起来
我看见实习生停下了画笔
他显然无法捕捉这生动的
画面。风越来越大
柳条大幅度地摇动
小鸟荡起了秋千
高高地扬起，抛下来
抛下来，又高高扬起
缩着脖子的小鸟
一副很享受很幸福的样子
实习生一脸的无奈
他画不出荡秋千的小鸟
画不出小鸟的享受和幸福

## 贩卖的初恋

他们拖来一车西瓜
在夏天的桥头贩卖
一张纸牌写着
大大的“甜到初恋”
四个字。秋天他们
卖脐橙，纸牌上
仍写着“甜到初恋”
只是后面打上了三个
重重的感叹号
冬天和春天，他们
都贩卖红红的苹果
纸牌上依然是“甜到
初恋”，而纸牌
无非是翻新了一下

## 蜗　牛

一头演变了的牛
收起了四蹄，肋骨和大腹
收起了春耕，秋收

脱去一身的厚皮
免受鞭笞之苦
缩小头上的一对角
有软实力，不要硬核
剩下了一坨白花花的肉
变小，再变小
可在草叶上、枝条上行走
那么稚嫩的一坨肉
总有外敌觊觎
还是把那张皮捡起来
演化成一个硬壳
这样就好了。像一座地堡
随时可以躲进去
一头牛的演变，前世今生
可算是进化？还收起了
声音，一头不会哞哞叫的牛

## 那只鸟

一只站在高压线上的鸟
一动不动
白云一朵一朵走了
太阳时不时半遮了脸
许久了

那只鸟像凝固了一样
地面上车来车往
人类在有序流动
不知它是在巡视
还是根本就视而不见
许久了，黄昏都来了
便有一只鸟停落在
它的身边
又一只鸟来了
更多的鸟来了
依次停落在高压线上
似乎一天来东奔西跑的生活
高压的生活
都被它们重重踩在脚下
那只鸟已混迹于其中
看不出它是最先的抵达者
守望者
看不出它是最先把高压线
踩在脚下而
一动不动的那只鸟

（选自作者博客）

# 飞　燕

## 一片叶的孤独

在连绵如山脉的明黄中
我拍到一片叶的孤独

为了拍到它
我的镜头穿越了三千年的繁华
为了被我拍到
叶选择
从树梢纵身一跃

这用生命下的赌注啊
决绝而从容
宣告着
叶下坠的速度与我按下快门的速度
一拍，即合

## 冬阳里的狂欢

我走走，准确地说
是看看，更准确地说
是搜罗，一些冬日暖阳里
天地间的狂欢

门前的小白狗
在细沙堆上打着滚
戴毡帽的老人背着手哼唱花鼓戏
杉木架子上，吊吊香肠和腊肉
像等待点燃的鞭炮
漂亮的媳妇，恨不得把红花的枕被
拄到蓝天的鼻子上

田间地头
绿色网袋装着的白菜和萝卜
列着队，准备进城
一埂之隔的麦苗，急得
踮起脚尖往上长

我走着，身披
太阳的光辉

灿烂蹦跳在我的每个细胞里
前面的路，弯弯绕绕
若似
神灵在指引

## 桃　林

一首诗在我门前徘徊
不敢敲门

怕敲醒我梦田里的一片桃林
惊起灼灼桃花，映红
一张烂漫的笑脸

那该如何是好
整个世界
一下子通透明亮

## 捕诗人

诗在和我撞个满怀的落叶上
诗在垂挂于水杉树的藤萝上

诗在阳光透过窗纱时
诗在一杯咖啡袅袅升起热气时
诗在炉火前的木椅摇晃时

诗与我爽快地按下快门同时
诗与我完成一首诗同时

满世界的诗啊
干脆织起一张网
铺天盖地
而我就是那个捕诗人

## 在清晨等一首诗

我用 18000 多个日夜
织就了一张巨型网
并把它撒在天地之间

它会网住飞鸟虫鱼
也会网住春华秋实
还会网住雪雨霜露

我把它们统统送给你
一件不留

只是我，希望
在每一个推开窗的清晨
都有一首诗
迎面扑来

## 厕所里的水墨画

匆忙离开的时候
目光扫到水箱周围，一幅图画
斜上方 45 度，最角落的角落

黑，白，灰
色彩中的高级色
任性地，在墙壁漫游
浑然天成
远山，近水，薄雾

闪电般的念头：
上帝来过

他收走这里的调色盘
扔给了窗外的梧桐叶
同时

藏在袖口的水墨
一不小心
被打翻
泼洒在那面墙上

## 偷听到的爱情

我走不动了，你背我
你呀你
我们这样子说话，但你不许插嘴
你呀你

每次你醉酒回家，我都用你的微信转账给我
你呀你
生你气时，我用最丑的衣架晾你的衣服
你呀你

我要你带我到土耳其去坐热气球
你呀你
我们将来生一个男孩一个女孩吧
你呀你

其实
我最喜欢的就是，听你

说，你呀你
你呀你

（选自作者博客）

# 郭红云

## 夜行列车

的确有那么一刻
我看到了深陷于困顿
和黑暗中的那个人
他急欲破窗而入的样子
似乎远道而来
想要告诉我什么消息

## 晨　景

相距甚远
无法断定我与
它们吹到的
是否同一阵风
高而密的楼群
几只鸟儿
在落差里
翻来覆去地飞

低矮的那片树丛
是谁家晾衣杆上
不慎抖落的一块方巾
晨曦初绽
仿佛万念俱灰之人
突然有了勇气

（原载《草堂》2018 年第 8 期）

## 鸟的睡眠

手电筒的光
撩开那些繁芜的枝丫
使我得以目睹过
它们酣睡时的样子
我曾经蛰伏于乡间墓地
和舅兄一起打鸟
夜晚的林子里
它们的歇息　恬静
茫然　无动于衷
像一些厚厚的叶片
夹杂在其他的叶片之间
我实在无法探究
一只鸟儿的睡眠
究竟有多深

它们是不是
和有时候的我们一样有梦
窄小不堪的梦境中
是不是还在一往无前地
拼命地飞

## 我们都会活得只剩下一张照片

双眼眯缝着
一只稍大
另外一只略小
我看不到你看到了什么
我想那天是有阳光的
父亲就在不远处
或者是不谙世事的我
照片没有手
拉不进去近在咫尺的人
我多想这是在某个街头
偶然碰到的　长相
与你相仿的陌生朋友
哪怕短暂一瞥引起的
误会和错愕也可
而不是一个人
此刻坐在床沿上

瞪着你的照片自言自语：
“今天我四十八岁生日
我爱你　三十九岁的母亲”

（原载《星星诗刊》2018 年第 7 期）

## 头　发

整理房间
总能见到零落的几缕
枕边　床沿　茶几　沙发
分辨不出是谁的
无须分辨是谁的
好比尘埃　光线
在早晨新鲜的空气里
纠缠不清
我试过多少回了
地板上的一根头发
需得费神费力
找到极其细微的
坡度或台阶
方能用肉指顺势捡起
同样　单独弹落
一根头发
也非常不易

每至窗前
它会依赖你　牵挂你
粘住你……
人说心细如发即如此

## 暮　晚

放学后的孩子
在玩轮滑
脚踝边不时
发出叮当的响
每一天的这个时候
几只鸟儿在院子
忽上忽下地飞
好像它们也有玩兴
不肯回去
我确信天空中
另有秩序——
操场　路径　呼唤
甚至伙伴和约定
疏而不漏
且一一对应
暮色是一副深色眼镜
我们看不透的世界

看得清我们

## 父　亲

父亲与继母住乡下
极少到县城
那天他睡得很晚
戴着老花眼镜
定睛地看一份报纸
几天以前的
没有新闻
全都是些老话题
像在此之前的酒桌上
他和我聊了聊
甚少提及的母亲的趣事
他谈到了百年之后
还是想与她在一起
那天　他睡得很晚
独自一人
报纸遮住了大半张脸
专注　谨慎
而惶惑的样子
就像正透过一则讯息
耐心地辨认

和守候着某个即将前来
与他接头的人

（原载《长江丛刊》2018 年第 4 期）

# 龚　纯

## 布谷鸟在上空

深广的夜里，我在等待这个声音
它曾经是善良的提醒，如今
徘徊四方，它变成孤苦无告的岁月催逼。
由南至北，飞越人类的良田
浓云之中，张开大嘴骤然狂啸——
侧耳听，那狂啸仿佛是律令，又如一声声道歉：
永不复来的爱情
早已埋葬千载，郁郁麦地并无半条人影——
古代的良人在荩草底下睡眠。
只有我当今的友人西辞弹着吉他唱着歌，说夏天的后面
还有夏天
只有我的友人西辞，说，何以消忧
可饲养一条腓腓。
闭着双眼，我能看见剩下的一览无余的三十年
杜鹃破旧而新鲜的回声，响彻天庭
不可拒绝，它仍是吆喝我走上废墟的权威。

（原载《南方文学》2018 年第 4 期）

## 启明星

小时候，我就见过那颗星星
在东方黎明的夜空中。

其他小星无一不远去，只有它自己
留在自己的位置，独守寂静。

淡泊与灿烂交相辉映的时刻
远未到来。天空与大地会为伟大事件做准备。

四十年一晃而过，再见那颗大星浮现天边
我在我的生活里一事无成，已然老去。

希望和指引，乃至想象却仍旧悲伤地
存在于老朽之躯。

光明与热情，将永远献给
这个不停涌来泪光与潮汐的世界。

——我唯一所爱，将永远是
我唯一所爱。在黯淡世界不可垂直的表面。

（原载《南方文学》2018 年第 4 期）

## 空中花枝

一大把年纪了，跑去看桃花
桃花此时正年轻
还是我五十岁时看过的样子
其枝老迈
其叶新鲜。我好久没买火车票了
好久没从王孙游
看见桃花，也算是旧情难忘
也算是老友重逢
仰望长空，扶花枝
风景正在成熟，白云刚刚装修过别人的屋顶。

（原载《青春》2018 年第 2 期）

## 明月书

如果你们，步入老年，大概我已经死去很久
明月还会无情地来到窗前，不会掉到地上
摔成碎片。
你们观察小区路面，抬头望天空，除了它，一无所有。
我哪里还会以宇宙的荒凉感造访你们，造访
也没有脚步声。

走过布满石头，樟树阴影的晚间小径
让人生出人世间那种告老还乡般的
陌生灵魂。
明月下，一时间，诞生满地酒鬼！久候的阳光少年抽身而去
头也不回
明月却反复来到窗前——这个感情骗子没有燃烧的时刻
你们仍会好奇地望着它，想点儿什么，直到天地的立法者到来
将它收走。
夜晚交替白昼。李白交替杜甫。
我完成我的命运。中年后，我看明月越来越像只猛虎
不可骄纵，不可入怀，摸着它的头
哭泣或倾诉。
睡不着，可以整夜看它在湖中游泳。
当你们年老，它应已穿过千秋万代的人群
增加了一点点人性。

（原载 2018 年《诗歌点亮生活》）

## 只有那种蓝在湖上慢慢地道晚安

一整天，都是那种蓝。那种月氏、匈奴、乌孙、柔然
出现过的蓝。蓝得惊心动魄，又澄澈安宁。

其中天空里的蓝，养在水里的时间，极其漫长
也极为短暂，很快蓝到黄昏，蓝到夜晚。
蓝得在若干年之后，你还记得

你舍不得离开，仿佛湖泊重新给予了一种生活：
激浪拥堤，七彩净海，羊在羊圈，星星
在马厩，阿瓦尔古丽在毡房中

天空有种无声的深邃的蓝，静静地向你道晚安。

（原载《诗刊》2018 年第 8 期）

## 在庭院：写给父亲未曾到过的周庄

我的父亲没站在富安桥上
也没有站在富翁沈万三家门前。

我的父亲，没有看过这样流水
没有住过带走马墙或阁楼的家居。

我的父亲看的都是不要钱的风景
我的父亲坐的船，没有船娘和江南小曲。

我父亲的夜晚也有这样的静谧
我父亲的白昼，但无这样热闹的市井。

他知道儿子曾为这样的美景写作诗句
他知道儿子，在此谋取生计。

他知道，他不久于人世
他知道，我会说，“父亲，著名的风景里没有你”。

他思虑，以为过多地站在双桥上
欢乐之后，忧愁就要来临。

他走后，美丽的小镇仍然充满烟火和人群
他们走后，街衢仍将铺满月光这古老的花粉。

父亲，曾站立的旷野，和未曾抵达的古镇
及其春天，在此已构成我深深的庭院。

（原载《诗刊》2018 年第 8 期）

# 郭培山

## 拟音师

拟音师
电影制作的一个行当
除人声和音乐外
都是拟音师的职责

风雨雷电、惊涛拍岸
枪炮榴弹、斧钺刀剑
鸟鸣蝉噪、鱼跃虫飞
担负着大自然交响的演奏员

《三国》“草船借箭”一场
万弩齐发、战鼓震天
江翻浪激、狼烟弥漫
足见其拟音功效
所用道具绝非精致
所造声音并不悦耳
道具用在时段、声音出在点上
方能营造壮丽场景

犹如一首音乐
主音引领全部
属音支撑调性
中音贯穿连接
导音衬托色彩
独自鸣响、恐难悦耳
奏在时段、响在点上
方能呈现华彩乐章

我从不认为
我能引领一个团队
因为我不是“主音”
我也不认为
我能胜任一个拟音师
因为我不会操控
我只是一件道具或一只导音
往返在我该出现的那个点上

（选自作者博客）

# 胡　蝶

## 父　亲

一辈子
拿着听诊器
与中草药相依相伴
与骨子里的一根刺
决战

人世间艰难
您把苦痛
与百草一起熬啊
熬啊　熬
制成良方

九月菊
在茶杯里淡放
回眸处
一壶浊酒嗅着
小村的古老和沧桑

院子里的槐树
诉说着老去的光阴
您的身影
终究成了一座
沉默的远山

## 抖落乡愁

把唐诗宋词
嵌入消瘦的小河
等月光打捞
晾干

故乡的小路
依然蹒跚
那些挣扎在泥土里的脚印
那些堆砌在石拱桥下
斑驳陆离的时光

小石磨唱着古老的歌谣
老井干涸
等一场秋雨
与流星碰撞
就能看到长江的长

## 黄河的黄

几声鸡鸣
抖落乡愁忧伤
指尖的风葱茏
覆盖大地的辽阔和铿锵
又被蕊蕾撑开

（选自作者博客）

# 贺华中

## 阳光一直都在

当飞机从地面起飞
望着窗外，云层如一座座
雪白的冰山
在七千多米的高度
我感受到一阵坠入深谷的惊慌

此时，闪电不时抽打着天空
仿佛要把冰川击碎
大地消逝在狭窄的视野
几乎被云层埋葬
整个视角犹如制造着一次次雪崩

而在我们头顶，天空依然蔚蓝
阳光闪耀，星光璀璨夺目
我惊奇于这奇特的天象
尘世总有风雨，其实阳光一直都在
只是还没照耀到我们的地方

## 在巴厘岛看海

或许大海对你有神奇的魔法
会把你的目光无限延伸
在想象的尽头，大海的蔚蓝
直达天际，那里
海浪被一卷卷抛向空中
仿佛有股神秘的力量推动
有人从波峰中冲浪而来
最后倾覆于巨大的白色泡沫
而他的逐浪之旅并未中止
再一次走向风浪的中心
而你只是依靠一只海鸟
代替着你完成了梦想
在神灵的指引下
掠过广阔的海面，空旷的黄昏
顺着一颗狂热的内心起飞
栖落，飞远临近
岸边，每一颗坚硬的岩石
其实都是千疮百孔
只是凭借执着的坚守成为风景
每一粒沙子
都轻如风尘，它们相互凝聚

才留住了世人的脚步
这里的每一块岩石
都值得我们合影留念
每一粒沙子都值得被我们抚摸
我在海边看海，也看人

## 大　海

每隔几分钟，就有一架飞机
从大海上空往下降落
天空就多出几颗星星
因为宽阔的海面，我目睹了
飞机滑翔，着陆
缓慢下降的过程
夜越深，星光就越明亮

只有海上的鸟，归巢后
天空才逐渐黯淡
海滩上的烛光熄灭
人群散尽，潮水才涨上来
海浪由远而近的轰鸣声
才能合着入梦的节拍

一架正在降落的飞机

经过一幢海边的小木屋
让我把大海再看一遍
星光在黑暗中一闪一闪
它也是我曾经抵达的一种方式
大海以它的大，包容着黑暗
盐，和风雨
连寂静也变得寒冷
太阳出来，才会袒露出岩石

## 山上山下

在山上看山下，沟壑那么深
到处是危险的悬崖
山下看山上，山峰那么高
都是奇峻的美景
一条上山的路
就是一条通往山顶的捷径
从远处看是风景
走在路上，是坎坷
上山，下山，都是要走的路
脚着了地，心里才踏实
我见过山谷下许多人
一路往上攀爬的艰辛
也见过走上巅峰的人

胆战心惊的模样，仿佛一不小心
就会跌入万丈深渊
那天我走到一座山的半山腰
忽然下起一阵暴雨
打湿了我后面所有的旅程

## 鸬　鹚

岩壁上，一个个游人走过
鸬鹚不动，伸着它化石一样的
长脖子，专注的眼睛
凝神地望着一片流水
如一件雕塑，披着玉石雕刻的
绿色羽衣
忽然，它伸了下尖嘴的头颅
从我的惊诧中活出水面
脚下的竹排划动
身披蓑衣的老者撑起竹竿
溪水流得缓慢
两旁的树木，山石
在竹竿的拨动下轻轻摇晃
我举起相机拍下这温暖的画面
和它水中的
倒影，古朴，澄澈

如来自一张远古的名片
却无法捕捉它自由的神韵
在一只鸬鹚面前
我有坠落深渊的冲动
而我只能在一段木质的栈道上
久久徘徊
每走一步，都仿佛是永别

（选自作者博客）

# 贺　亮

## 张金河与张金的河

张金河——
以河名为地名
张金这块古老而充满活力的
热土之上
流淌着大大小小的河——
总干渠、西荆河……
缓缓地流淌
总是这般娴静
仿佛在四世同堂的张金人眼里
仍旧是一样的年轻

那神态多沉稳，像村庄里
所有的少年
以整齐矫健的步伐行进在田野之上

我不想打破这宁静
像上世纪露天电影的忠实观众
凝视着银幕直至映出“再见”

仍意犹未尽
依依不忍离去

仿佛一起搏动的心脏
仍沉醉于动人的剧情

然而时间是如此的匆匆
世事沧桑
时间长河在隐形的河道中日夜流淌

我循着你历史的轨迹
认真地
往前瞭望

河流滋润着庄稼的繁茂生长
楼盘和厂房也日新月异地崛地而起
绵延的人流
通过河面之上的幸福大桥、幸福二桥……
奔向各自幸福生活的前方

（选自作者博客）

# 黄　慧

## 过匈奴王庭

列车举着火把
绕过一堆堆兽骨和灵魂闪光的荒滩
沿着黄河越流越清澈的方向
向星星盘腿打坐的孤城而去

黄河在这里
是一弯银白色的月牙
被塞北的草原部落双手捧向天空
月牙一头挂着水珠滴答的甘肃和宁夏
另一头挂着水草缠绕的内蒙古和东营口的太阳
在北方的匈奴王庭之风吹拂下
摇荡出一首首摇篮曲《敕勒歌》和长城脚下的野花

这是西周难以北进的犬戎之地
这是秦始皇不愿涉足的匈奴野花城
这是刘邦含恨撤退的白登之火堆
这是汉武帝执意扫除的千里大屏障
匈奴不是风王　雪单于　白鹿侯

而是一片流动的草原　泉眼和屏风
与南国保持着微妙的平衡

黄土尽头　即草原　草原尽头　即黄沙
一座孤城如一颗草籽　被无常的命运丢在这里
生长出漫天的白云和逐水而居的片片部落

犬戎　匈奴　白匈奴　鲜卑　回鹘
柔然　突厥　契丹　党项　内蒙古
一群天上的星星生出了脚掌　落了地　采下泉眼作双眼
将黄土捏出妻子　骑上长云做战马
用雨水箭头射向不毛之地
开出了一个个牙帐　王庭　和雄鹰食野花之丛

黄河在这里醉了　拐了一个大弯
背上爬满了一个个流动的草原部落
如蘑菇　蒲公英飞满北国　四处生根　遍地开花

列车过大漠　草原
成吉思汗之坟　和匈奴王庭之间
有一条长长的云
与万里长城比肩
与黄河同向一个方向射去

这就是北国

（发表于《中国石油报》）

## 梦里水乡

色彩　移动的岛
声音　四处飞散的鸟群
一只飞鸟突然拖不动自己的影子
原来被一个岛屿捕捉住
坠落到岛心最浓的色彩里
化为一句最重的诺言

朝阳　是一个光点
夕阳　是一个光点
船　拖起一湖水光
在两个光点之间航行
陷入湖底龙宫星光交织的网里
反复轮回在一个墨迹斑斑的梦里

《诗经》里的旧山川
在楚国的岸边生长蔓延
每一滴被草木心怀抱的露水
都是一个淑女的眼睛在闪动
每一艘在湖光中游荡的舟子
都是一个君子在水上写着一行行诗句

湖底龙宫的太阳
被水草的影子打碎了
浮现在湖面
波光点点
就像谜底向谜面吐着一句句爱的诺言

（选自中国石化新闻网）

# 黄发彬

## 红蜘蛛

它是一种喜欢阳光的虫类
它是一种喜欢吹南洋之风的虫类
它的游戏规则是
染红每一片绿色的植物
掐住每一片绿色的精华
世界不可逆转
红色不可逆转

（选自《中华山诗刊》2018 年第 2 期）

## 毛毛虫

毛毛虫喜爱雨水
喜爱每一滴毛毛细雨
甚而暗淡下来的天色
抑或暗淡里的光束

毛毛虫热爱绿叶

胜于热爱自己
热爱它
就是将它
一口一口地
蚕食
一口一口地
蚕食

蚕食得像
一根光杆司令

其实掐死一只毛毛虫如
同踩死一只蚂蚁那么简单
其实我不想那么做

其实没了毛毛虫
生态世界里
就少了一根
平衡的杠杆

（选自《雷雨文学》2018 年春季号）

# 黄明山

## 照　亮

一觉醒来
满脑子都是远行的人
他们和蔼可亲或者笑容可掬
仿佛就在昨天
破窗而入的晨光啊
不知从何处启程
刹那间
照亮我本该悲痛的生活

（选自组诗《隐形的飞翔》,2018 年 1 月获“长江丛刊文学奖”）

## 一只小飞虫如何炼成落叶的颜色

一只小飞虫在飞，在飞
像童年中的水蜻蜓
却没有那么肥硕
像误入忘川的直升机
却没有那么笨拙

一只小飞虫飞过来又飞过去
仿佛在挑战我的注意力
一对复眼饱含若有若无的泪水
或者珍珠之光
十分憔悴的样子
安歇在住宅小区的绿化带里

只在眨眼间
我就看不见那小飞虫了
只看见满地的落叶
直到我看见小飞虫训练有素，一动不动
混同于一片落叶的主经脉

一只小飞虫如何炼成落叶的颜色
我百思不得其解

（选自《2017 年中国诗歌精选》，中国作协创研部选编，长江文艺出版社 2018 年 1 月版）

## 一碗黎明

一碗黎明
是人世间的一道时令菜
不止于四季

不限于十二月
它通过电音、鼻息、呻吟、梦呓
以及鸟语的烹饪
甘苦交融，变成光亮

## 横　竖

我会在数秒之间
连续默念十个以上亡者的姓名
他们未见衰老，暮色中
名字被深凿、竖排

大地的隐忍处
他们常常游离在外
一一面挂笑容，像梦。我翻动
手机里的联系人
那些曾经鲜活的号码还在
我犹豫不决，最后
还是点了删除，就那么，一横排

（选自 2018 年 3 月 27 日中国作家网）

## 洼 地

脚下的路，一步步
走向孤独的高度
旁边是一片狭长然后戛然而止的洼地
在洼地的那边
有伟岸着的生风起浪的树木
如此囧途之静好
难得啊
可以仰望，可以俯视，可以远眺
好像到了异域的山涧。丘陵。盆地。草原
一瞬间回放我一世的行程
洼地里长满了数不清的人间植物
野生的，家养的
稗，葎草，绊根草，牛筋草，五叶藤
花生，红薯，玉米，茄子，黄豆，蛾眉豆
西红柿，南瓜，黄瓜，丝瓜，苦瓜
辣椒，空心菜，水芋头
还有芦苇还有叫不出名字的花花叶叶
满地的酸甜苦辣
那样地丛生有序同时杂乱无章
在天空下轮回季节的繁忙
如我不堪回首的青春

无意间，卷土重来
让我混沌。如同久梦失真

（选自 2018 年 11 月 5 日《中国艺术报》）

## 片面的大海

只是在一个侧面，一个时间段
汹涌的大海
比陆地更为平坦

这仅仅是我羞于启齿的小小经验
我不生长在大海边
海蛎子，珊瑚礁
无关痛痒的浪拍
曾经把我娇惯成镜头的旁观者

我和我们只有靠怀想
每一片大海都是江河的深渊
大海依然汹涌
更多的，我们看不见

（选自《海外文摘》2019 年第 2 期）

## 乍　暖

主要是寒
名分上的春天已经来到
而以年长自居的冬天
虚张声势，依然舍不得离去

乍暖，或者微不足道的暖
不知何时，做了总动员
天空下的照耀，大地上的事物
在逐渐庞大的绿意中
崭新各自的容颜

幼稚的鸟语
总是拨动梦境里的细雨
唤醒
每一段沉睡的河流

## 现　状

我写过鲜花
写过野草

写过时间的缝隙
与缺口
写过透明的人丑陋的人不可救药的人
我以为我已经写透
没想到还远远不够
我只有继续写
拼死拼活地写
写呀写，哪怕懵懵懂懂踉踉跄跄
不知道前面的尽头

（原载《速读》2019 年 2 月下）

## 雪的暖意

我必须想到雪的暖意
这阴冷的天
一切都安静了下来
白里透白
准点赶到的乌鸦
把叫声转换成孩童的歌谣

还有其他的鸟
尝试着最简练的叫唤
好像在暗示春天
为时不远

（原载《中国诗影响》总第 11 期）

# 黄育松

## 乡村，向往的地方

一望无际的沃野
从眼前伸向远方
乡村振兴的号角
在空中振奋地回荡
每一张笑脸都镌刻着
让乡村成为向往的地方

乡村文明成为永不褪色的风尚
谦虚礼让铸就大家学习的榜样
绿树成荫　路灯两旁
房前屋后整洁排场
田野阡陌灌溉希望
干净的水泥路面畅通致富之门
便捷的信息让农产品插上翅膀
文艺演出燃起文化自信
科技下乡提升产品质量
村民在广场前游玩、休憩
少年在书屋里阅读、成长

这里是生活的乐园

生态在修复绿景成平常
撤网还湖　重现波涛荡漾
老手艺
以非遗的方式传承
新思想
为发展贡献力量
清洁能源天清气朗
花坛成景吐蕊展芳
游人频驻足　心平气顺畅
这里是美丽的地方

寻梦

在荷塘水洼的一角
在童年玩耍的河岸上
在芳草萋萋的田埂边
在金秋时节的麦浪旁
打湿了的记忆
又成为熟悉的地方
一个高亢的声音在呼喊
回到乡村振兴希望

（原载《潜江日报》）

# 康小春

## 阳　光

一直把你奉为万物的主宰
各种思维的灵动都因你而生
初夏的早晨
还含着夜的滋味儿
青翠欲滴的绿已伸着慵懒的腰
享受着你的恩赐
光合作用着每根脉络
我睡眼惺忪
隔着晶莹剔透的窗
是想欣赏你合着晨曦的妖娆
而你却肆无忌惮地把耀眼的光芒馈赠
你似如来的照妖镜
让人眩晕头昏
其实你是用亿万根金针
在给世间的灵与肉做针灸

（选自作者博客）

# 梁文涛

## 和郭红云《与文涛兄聊微信》

那时，我们狗一样年轻
年轻得像一把哀伤的竖琴
发表在诗歌的头条
你是我的哥们
你是我最信赖的敌人

我们的叙述没有顺序
可以喝酒和大声，可以东扯
然后在董滩或者黑流渡口横七竖八
可以因为一句话一口气
跑进子夜的荆州古城
和亚平一起大声叫喊
已是别人老婆的名字
还可以翻墙，把一些
残破的句子遗落在城砖上

但好多事情不是我们愿意就可以的
那时的海南不曾有雨

偶尔下过
也只是潜江未落下的几滴
80 元的财富不是你放下的理由
是为尊严暂时的缺席
柴米油盐的平淡

这些年，时光仿佛是
一条磨损的床单
静静地叠放
计算着你的到来

## 雪下到潜江

唯独今天
或许是上帝的问候
白了屋顶，白了大地，白了我周围的生活

没有阳光，心是明的
仿佛期许已久的打击
那么安静，那么雪下到潜江
我回家的路上
将我的视线擦亮，变色
覆盖肉眼和我内心的肮脏

那些落在头上的雪
不需要温暖
生命如一次疗伤
拒绝光、热情和关怀

漫天的雪在荡漾
开白花，结白果
看不见你在天空的忧伤

你们走南闯北，或东或西
一意来到这里，隐隐约约
隐藏着某些命运
在后园，在炉火旁
在走了一半的路上

## 园林路上

那些弯曲的叶子，总是在我
看不到的季节偷偷落下

冬，或者是春
总是比我想象的迟来一些

挂在良成家门口最后的一片叶子

还是掉了下来
园林路上，我一步一步
丈量着长短

来来回回，园林路上
树比人多
身着单薄的老女人
捡起地上滚动的半截烟蒂
用一双折皱的手颤抖地划燃火柴
然后，她吐出的烟雾

## 午　休

躺着，呼吸
然后抽烟，然后我环视四壁

沙发一动不动，醒着
时间一秒一秒接近下午
我翻了下身，接着又翻了下身

风把窗帘拉动了一下
然后又拉动了一下
这不是夜晚

尽量让自己有些睡意
尽量将身体放松
这是我听到风拉动窗帘后的反应

听不见风弄出的响声
却一直有人在和我说话
但我不知道是谁

（选自《诗生活》网站）

# 路　漫

## 乡村瘦小的命运

大地的秋天多富足
连草也涌动着黄金的波浪
习惯了颂扬季节的嘴唇
还没来得及张开
白毛风只轻轻摇了摇手
秋天就垮了　赛过股市崩盘的速度

造城，造城
乡村瘦小的命运
注定要用疼痛的笑
装饰城市臃肿的脸庞
此刻我多么幸福
被富足的城市绑架之后
远离了乡村
在城市里做了个王老五
比幸福本身还要幸福

## 在世界之外昏睡

我在昏睡中自东到西，由北向南
穿行在一座座茁壮成长的城市
这些未来的瓦砾，不远时日的残垣断壁
我用洪荒的目光看着狂欢的肉体组成的河流
用一首首诗歌提前将盲目的蝼蚁凭吊

我赶往扬州，烟花三月已经如期而过
等我踏进长安，盛唐仅仅剩下几块布满长风指印的石碑
这一生，我都在错过，直到停留在这个荒诞的世界
用冷兵器碰撞的声音隔离涂满蜜的谎言

南方初夏的午后，阳光精力充沛
我用墨水把风染黑，让世界返璞归真
世界的扉页被黑风吹开，欲望开始

我一直在世界之外昏睡
以至于不清楚故乡小城的模样
除了名字，再也找不到任何突出的特性
街道两旁的树砍了栽，栽了砍
城里居住的人，生生死死

苍茫的落日下，静卧着侏罗纪的冰川
我把布满红尘伤痛的肉体留在那里
然后乘黑风抵达初始的地方
借风的嗓子唱——归去来兮

## 读　史

关严门窗，拒绝会见寒冷这个不速之客
翻着史记，身边时间阴冷地游走
我从人类的啼哭出发
思绪呈飞流直下三千尺的速度直抵当下

真有趣，我击掌大笑
轿子里的人个个骨头里散发出地痞的味道
轿夫都上通天文下晓地理
力拔山兮气盖世的英雄跪在轿子两侧
起初轿子是竹木的架子粗布的帘子
抬着抬着就变成了龙的经脉编织的帷帐

嘘　听到我说话的人要野兔般逃离
以免被株连，甚至搭上九族
我已经无所谓
割舍，砍头，我早已司空见惯

## 歌颂太阳

大地　在高处看你
多像一个圆圆的坟茔
其实大地就是一块陈旧的墓地
送葬的人唱着古老的巫歌
送葬是我们不可忽视的学问
生于斯死于斯
草木枯荣　人走灯灭

黑土之上，万物在生长
万物的顶冠之上
太阳　一根根刀子组合的身体
对万物有着仇恨的温暖
每天面对太阳我既不感激也不仇视
生之为何死之何惧

我用两鬓的白发歌颂太阳
太阳热情而孔武
拖着我们径自走向坟墓
肉体的罪孽或轻或重
我们被上帝的力所牵引
前往地狱或者天堂

## 在辋川饮酒

雪花不请自来
不睬山岚越来越冷漠的脸色
接下来的天气适宜喝酒
终南山不远
一伸手就触摸到红泥小火炉
唐朝的余温尚存

在蓝田辋川一家小酒馆饮酒
酒兴是唐朝的，酒是现代的
邻桌有来自南方的游客
一边饮酒，一边说着家乡
烟雨中的四百八十座寺院

我打开手机，放琵琶之音
没有大珠小珠落的江南落进酒杯
只有雪依旧不停地飘落
上苍一改吝啬的本性
出手
赠与我一个白银包裹的世界

（选自《中华山诗刊》创刊号 2018 年第 1 期）

## 我将要去的地方

土豆光滑的肉体
被时间的嘴咬伤
小草交出铁
在墙头左右观望

一只蚂蚁试图接近纯净
寂寞涂红了一只鸽子的寂寞
我坐在公交上
看光线透视都市虚弱的脊骨

太阳就要落向远山
远山之外还是远山
远山的远山之外
就是我将要去的地方

## 肉体一天天衰老

高原的蓝，隐去了
曾经梦想到的事物
我快过光年的视线

被蓝的圣洁折断

活在蓝的圣洁之下
穿着人皮，养育野兽的欲望
安静的蓝，托着神灵
在梦里，给我启示

风依旧顽皮地吹着尘埃
秋天的落叶和太阳握手言和
我的肉体一天天衰老
神灵在高洁的蓝上，打开了窗口

## 岁月的沟壑

蹉跎的时光
散兵游勇般经过身边
依旧有些兵痞的习性
从我的体内抢走
花朵尚未成熟的梦

我备好酒菜
点燃红色烛光
看神祇的悲悯渐次枯竭
我还没融入美好的事物

风已在我脸上
匆匆刻下岁月的沟壑

一只失聪的蚂蚁
驮着我落在尘俗的眼泪
穿过上帝的血管

（选自《湖北诗歌》创刊号 2019 年 3 月）

# 罗光荣

## 乐　器

身体不断地重复着一样的动作
直立，弯腰，蹲下
手中的电锤突突突地吼叫着
底板上钻了一个个螺丝孔
电线游走在严寒与酷暑里
没有叫一声累
也没有言一句苦
太阳与月亮轮流值班
暮鼓与晨钟
是我们敲打的乐器
于是
血与汗
满地开花

## 土地的文豪

土地渐渐从冬眠中苏醒过来

一粒粒种子从指缝里落入香泥
育苗，培土，浇水，杀虫，施肥
站立的身板，四季里傲然坚挺，行走着
不知熬过多少个日日夜夜
红的花，绿的叶，金色的果
装满了来来往往的车
每一个库房里脸上洋溢着的满面红光
朗朗笑声，响彻云霄
没有书房的笔与墨
只听到
喜悦的鼓乐
一遍一遍传唱着
果实胜过最好的文字

（选自作者博客）

# 李学锐

## 陪　伴

那是一条小道
储存了我俩的情话
你我的脚印重重叠叠
叠叠重重
垒起了一座喜马拉雅

那是一幅图画
画下了我俩的年华
你我的身影左左右右
右右左左
美成了一朵并蒂莲花

如今的你我
一个海角
一个天涯
万水千山
没能隔断彼此的牵挂
漫漫长夜里

那轮映照窗口的明月
是你在轻抚我心口的伤疤

（选自作者博客）

# 李秀国

## 风像一朵浪花

风未必知道自己是风
也不知道来自大海，还是
来自深山，它们相互
交换过很多秘密
依旧忙碌于白天与夜晚
一直以来，风和自己来自
同一个地方，只不过是想象
更多时候需要它
帮我推开一扇窗
亲近远方的星辰，把应该
丢掉的部分，还给
来自风的地方，此刻
不想提及关于冬天的故事
风的声音在夜里
孤单而简陋，只是一种表述
仿佛这个季节与它无关
有时忘记自己，像一朵浪花
落进我梦里，短暂却很疼

## 回　望

小镇的黄昏降临时
远去的脚步声，像细草
在风中努力留下它的印记
和往常一样，依然清晰
依然被我们爱着
垂柳的长枝，正在重塑
春天的色彩，和它的柔软
每一次的热烈，被爱的意象
包围着，田野里的万物中看见
有迷失的绿色，黄昏与河流
被风无数次抚摸过
不会有意与时间作对
趁云朵还没有改变方向
提醒自己，石头的伤痕
当然，不止发生在河里
在你来到这个小镇之前
不辜负每一株小草，每一朵花
并同时忽略它们的疼痛
某个清晨，或者黄昏

## 时光之上

仅有几片发黄叶子
挂在梧桐树枝头
在夜风中摇晃，在思考
像我手中没点燃的灯火
我的内心，除了喜悦和忧伤
还多了些草尖上的露珠
被月光感动，所有的善举
都带着光芒，因此不会陌生
只感觉它颤抖的影子
那几片，一定同我一样
随时有可能在时光的水面上
漂泊，静止，为了生存
放弃隐藏在树枝上的惧怕
没有看见飞翔的痕迹
或许是一种错觉而已
那些渺小的尘埃，夜里挣扎
只是换了另一种方式
如同我和我的影子，在时光之上

## 冬天，水乡园林的记忆

冷风一吹，无叶树枝与田地之间
隔着荒凉，它们还能说出什么
也会给另一些事物带来不安
水乡园林的田野，保持
固有的沉默和它们背后的需要
大雪突然的降临，只是
为了某种透明的存在
是的，就是这一场雪
带走整个冬天的记忆
需要屈从和谦卑让内心荒凉
雪融化的瞬间，来不及
发出一声叫喊，尘世的喧闹
已融入大地的静谧
弹指间，三十年人事便有了
它温暖的风景，唯有时间
抹去伤痛让它闭合，这一切
再度打开记忆中的一扇门
记录夕阳坠落时刻的美好

## 在小镇遇到一场雪

路过的山水，和爱
在这个小镇的夜晚，温暖
像夏夜的某一个夜
或有相同的来处，和去处
这都并不重要，时间对它
来说，是多余的部分
很多事在这里，怎样地被置换
被改变，我那样熟悉
那些花草，那些色彩
等待远处的风，激情相拥
除了空气和声音发出叹息
有没有想到，那些
无法挽留的足印
把它留在时间里，当然
还有许多意想不到的
如此刻，雪已落下
还好，它的纯洁
还没有触摸到我的梦，已结束

（选自作者博客）

# 柳　瑶

## 情感时差

这些地名，被我经过
是离你越来越近的标志
从湖北到河南
陕西到甘肃
最后抵达乌鲁木齐
二十四个站台
缩短了两个小时的思念
今年中秋
我又是一个人
望着月亮想你
比你开始想我时
早了两个小时

## 副歌与高潮

一首歌，当音乐响起
孩子们像磨牙一样——

支支吾吾，咿咿呀呀
一旦到了中间部分
整个氛围，就不一样了

特别是穿上了演出服
(租来的，大小不那么合身)
他们的神态就有点成熟
像快要毕业了一样

活跃得，就像一群鲤鱼
每一枚鳞片都闪亮
要跳出龙门

我也有一种错觉
觉得自己是个 DJ

## “男人都是这样的”

那天，看到他的手
感觉就像一双刨过土的手
皮肤的粗糙度，是那种
一眼就可以看到纹路的程度
指甲缝里，都是黑黑的

我好奇地问他
你家里有些什么人
他说，就他和奶奶
然后，我不需要问别的
就什么都明白了

所以，每天指甲缝里
就算是黑的，也没人给他清理
加上他也不懂这些，所以脏脏的
我把手指甲给他看
我说，你看我的指甲里
一点脏东西也没有
回家后，你把手洗干净好吗？
他说，男人都是这样的
不需要很干净
小小年纪，不知道
他是哪里学来的一些话

（选自作者博客）

# 梦飘然

## 秋

风拂过脸颊
越来越凉
一枚似曾相识的秋叶
闻风起舞
谁，踏着金色的地毯
走向秋的深处

一叶叶飘零
一叶叶静美
像时光的内心
缓缓向前
走过飘零的绝笔和重生

风轻轻吹动发梢
一缕发丝学着秋叶舞蹈
放眼眺望满目硕果
像岁月握紧的拳头
有一种收获的自满与骄傲

一束束花开
一枚枚果熟
像少女走向少妇
像人生走向辉煌与没落
一切都是那么
义无反顾

## 门卫大爷

门卫室的大爷又在清理
废纸盒
听说可以卖七角钱一斤
我偶尔也会递给他
一些无用的纸盒
他总是投来感激的目光
我也理所当然地笑纳了
每次经过门卫室总是看见
大爷和收纸盒的讨价还价
争得面红耳赤
我总是不屑地笑笑
今天募捐墙上看见了大爷的名字
我脸红了

（选自作者博客）

# 彭家洪

## 女儿学车

现在，女儿，你打开的
不仅仅只是，车门。可能也是
社会，或者，生活

先认清几个最基本的元素吧
这是离合。对了，就是古诗中
人有悲欢离合，月有阴晴圆缺的
离合。短暂的离合
是为了更好地变换，不同的动力

紧挨着离合的两兄弟：左边
是刹车，右边，是油门
人生坦途，用油门加加油
碰到坎坷，踩刹车醒醒脑
这两个零件，千万千万别踩反了

大灯，小灯。远光灯，近光灯
当你需要停车，转向，变道

当你遭遇人生的雾霾，甚至黑夜
请打开它
为自己，也为他人

车就要开始发动起步了
红灯停，绿灯行。你还要
像童年背诵小学生守则一样牢记
交通规则。条条大路通罗马
不同的旅途
需要调整不同的档位，和心态
女儿，手中的方向盘，可要把好了

## 女儿学画

一张白纸在你面前摊平身子
女儿，你轻轻拿起画笔
开始临摹，或者，自己画

你用铅笔画一棵树。你画树干
你画枝叶，你画小鸟
你接着画天空、绿地、嬉戏的
儿童，画风，画声音
画错的地方，用橡皮细心擦去

你练习水彩。你勾好线稿
在调色板中调匀颜色
上色，滴墨，留白，用纸巾
擦拭吸去多余的水分
画得不满意，揉进废纸篓再来一张

女儿，生活这张白纸
已经在你面前摊开
每一次下笔，都需要谨慎小心
人生没有橡皮擦，人生不是一张
供你练习的白纸，人生每天都在直播

画吧，女儿。人生如画
父亲不祈求你画出蒙娜丽莎的微笑
也不祈求你画出著名的向日葵
只希望你，画出自由，画出
健康，画出平安
画出快乐，画出幸福

## 女儿开店

哑舍，闹市中一个
多么雅致的店名
一个和你一样安静

言语不多的酒咖厅店名

三个九五后美术女生：你和你的
两个闺蜜，魏腕秋，陈韵如
三朵正在向这座小城倾斜
缓缓绽放出芳香的花朵

多么用心地投入。白天
装空调，扫楼梯，涂墙面
夜晚，做方案，画壁画，设计创意
空酒瓶、破麻绳、不规则的小木板
经过你们的手，变成了精致的艺术品

无论经营爆棚，还是生意惨淡
女儿，你的人生都是丰收的
作为父亲的我
都会送你一筐满满的祝福
一个大大的赞

## 女儿就要毕业了

女儿，你马上就要毕业了
就像疼你爱你的奶奶
乡村菜园里疼着爱着的

那些南瓜、黄瓜、冬瓜、菜瓜
就要瓜熟蒂落了

女儿你长大了，很多心事
总不愿对我说
每当问起，学习或生活
你总说三观不合，不是沉默不语
就是一笑而过

女儿，你马上就要毕业了
经过这几年大学生活
我真不知道
你是否已经准备好了生活之桨
去划动人生这艘航船

子在川上曰，逝者如斯夫
时光多么快啊
女儿，你就要大学毕业了
你就要满二十二岁了
我的头上，又生了几根名叫担心的白发

（原载《延河》2018 年 9 月下半月）

# 彭江浩

## 莫兰迪色

这些的瓶瓶罐罐
无论它是日常的琐琐碎碎
还是“无声和时光的养子”
你端详了一辈子
再降点纯度
降点饱和度
再加点灰色
加点白色

如早晨的雾气
包容太多秘密，闭合又开放
如山谷的野花
藏着太多故事，遥远而内敛
安眠曲笼罩的舒缓
潺潺溪流回响的均衡
你说
滤去鲜艳
让它淡泊起来

让它高级起来

好吧
它低调地立在那
沐浴着时间的尘埃
微笑不语
却吸引着不由自主的
靠近
这样
打动你我

## 道士洑

滚滚长江北做屏
黄荆山脉南依偎，
楚山断，江流转，
乱石穿空，渔家唱晚
竹林青翠，牧笛悠扬

曾有那“四街五库”
曾有那“七仓八典”
曾有那“九庙一观”
兵家必争之军事要塞
商贾云集之千年古渡。

走在那拥挤的街巷，
踏上那高高的江堤，
仿佛听到
东汉古城里的厉兵秣马
唐代小镇的市井喧杂
在千年的时空中回响

楚戏年年唱，
神舟美名万里传，
待到古镇重现时，
道士洑啊道士洑，
西塞山前放异彩。

（选自作者博客）

# 萍　静

## 第三场雪

匆匆到达山脚时，千万个白
正把自己细致地摊开
夜色茫茫的木鱼小镇，轻裹霓虹
在细雨中微微摇晃

长满脚印的石级爬上山顶
飘忽的白云在群山间搅动深情
我看见大朵大朵的冰凉，躲过镜头
倚抱着茶树沉沉睡去

睡吧，梦中会有一轮金黄
跃过山冈，伸出温暖的小手
为你打开这一层层白，打开
这虚无的真相

## 第二棵树

停车场的路边站着一排树
只有第二棵挂着奇特的果子
我叫不出它的名字
它也不知道我是谁
我的目光投向它时
它正凝视着我

我并不想探究它的狭长和鲜红
挣脱这茂密而深邃的诱捕
保持驻足过客的距离和神秘
快速地经历分别的时光
可以省略
很多，传说中的悲伤

## 晴川夜

暗涌的江水一遍遍
过滤，恍惚的城市

走失的风一阵阵

漫过，闲散的波纹

夜隐身于一无所知的
灯火，流向阑珊深处

我闭上眼睛
看到了你的轮廓

## 山楂树之恋

无非是一场爱情
如胶似漆，终相忘江湖
无非是一次邂逅
你侬我侬，又天涯陌路
无非是一个故事
花溅泪，鸟惊心
或圆满，或凄美
无非是恋上一束山楂红
无非是好奇那丝酸甜
无非是留有齿痕的禁果
咀嚼着自己的酸涩
至今，不愿腐去

## 花　期

一切都在光明正大的阳光下
悄悄地进行
生根，发芽，抽蕊，结苞
所有的鳞茎球坐在一起窃窃私语
密谋着对冬的叛离

日历才交出立春的讯息
翠绿的暖意便开始四处行走
蓄势待发的水仙花箭里
有什么在隐隐召唤

听从一钵清水的安排
我递出耐心，开始等待
等待一场芬芳的闯入
和离开

（选自作者微信）

# 萍　聚

## 点

一点，两点，三点。
画一个三角形
都是重点

## 手

你的左手和右手
张开是动手
捏紧是下手
不动是放手

## 时　间

老板开车载着你
工人行走讨着你
就连盘腿而坐的和尚

都每天念着你都追不上你

（选自作者博客）

# 潘　言

## 曹禺公园一角

当第一场雷雨静沐过原野
那片新绿已长成一张名片
婆娑的倒影勾画着春的记忆
曹禺纪念馆在低语诉说
日出亭翘首聆听
晨练的人们
三三两两
迎着东方在翩翩起舞
相识的，不相识的
相遇就是一份幸运和美丽
双虹桥下冰雪消融
水声潺潺
笑而不语
两弯小小的月亮湖
清澈而厚重
你，来或不来
她依然在这里涓涓流淌

## 动车在江汉平原上飞驰

动车在江汉平原上飞驰
穿越一片片金黄黄的油菜花
在诗歌的天堂絮语文字
喧嚣的时光一眨眼就度完了
汉江擎起手臂搅动寂静的东荆河
牵百里长渠，走梅苑
携城南河，过南门
让红红火火的小龙虾
周游列国
听一场雷雨交响曲
看一次森林公园日出
绿色阳光
在心里流淌
动车开往下一站，梦里水乡

（选自诗集《花开的声音》）

## 花海不是海

一场春雨
来得不迟也不早

催着桃花，李花，梨花，油菜花
一起奔跑
红色，粉色，白色，金黄色
一股脑儿洒向人间
杂而不乱，自然有序
草绿柳绿鹅黄蔚蓝间或其间
如此和谐统一
这是谁画的？
还有笑脸笑声在空中荡漾
一场细雨和花事的春恋
沸沸扬扬，热热闹闹
在潜马赛道
在起终点广场
在彩虹栈桥
一阵阵花香弥漫在湖中
水里，空中，人间
融化在一起
碧水蓝天自然为景
鱼翔浅底，一池蛙鸣
蝴蝶结伴群舞
一只不知名的小鸟
静立在笔直的水杉树梢之上
守望着这美丽中国、美丽乡村
那是我们自己的家园
春光携风如此奔跑

我等，一定
不负年少

（选自《雷雨文学》2018年春季号）

## 一朵梅花的历史

一抹新绿轻倚
梅苑在悠闲的睡梦中不愿醒来
阳光度假去了，也不肯归来

偶遇一场雪，梅花笑了
丫头扬了扬小脸，接住了
梅花很红，只有红
没有梅花
微风拂来，梅花穿上红舞鞋
一只小鸟，在伴唱
时间在年轮中，集体走失

知否知否
彩虹浮现的雨后
几颗星斗在闪烁
夜在加厚
梅花在黑夜里坐了很久
不知道它在想什么

或是什么也没想
但，我却在母亲的唠叨中
活着

（选自《潜江日报》）

# 让　青

## 塞纳河畔的歌声

——致保罗·策兰

米拉波桥依然横亘于此
1970 年的塞纳河畔
骤然响起悲凄的歌声
遥远的罂粟与记忆
定格在《死亡赋格曲》的旋律里
那些“大红字的花冠”
隐隐记载了久远的个人记事
哦！策兰——
穿过忧郁的急流
“已经远远走在了最前面
却总是自己悄悄走在最后面”
那些脆弱的空格，和词语的缺口
擦亮了你灵魂的火苗
你倒下了，又一次次站起！
一双诗歌的手比黎明更温暖
一行吹向风暴的诗句
比大理石更顽强

一个没有国籍的流亡者
唯有诗歌让你更谦卑……
当所有跳跃的音符
紧张的呼吸和换气
在塞纳河畔落下帷幕
百年，千年之后
沉郁的死亡赋格曲
依然于此
经久不息……

## 窗外的小花

那些小小的花朵
在窗外静悄悄地开放

红白，紫蓝
她们争相斗艳
装扮这小小的舞台

叫不出她的名字
也不知道她的习性
这些陌生的花儿——

依然，我会默默地

给你浇水，为你松土
然后亲近你

好像拥抱
一缕缕阳光，和温暖

## 车过向阳

过东荆和往广华，必定要
途经“五七”、向阳
每次车过向阳，我总是想
去看看李微笑

李微笑是我的微友
向阳是她工作生活的地方
那天她微信加我，介绍说姓李
随即发来一个灿烂的微笑
我说：“以后就叫你李微笑吧。”
她说：“好！”
从此她成了李微笑
屏幕前我们谈笑风生
度过无数温馨美好时光

再过向阳，我依然想去

看看李微笑
而每次却在最后放弃
或许，我所一直眷恋的
只是那份温暖
那个微笑

## 如果爱

如果我说爱
或许会吓跑你

如果我不说出口
也会后悔一辈子

其实，我们说得最多的
依然是阳光、鲜花和春天

我知道，我们都想刻意
回避那个字

阳光灿烂。鲜花绽放
春天扑面而来

你说——

这已经足够了……

（选自作者诗集《闪烁的记忆》）

## 哀湘柳河

老屋的门前有一条小河
小河有一个好听的名字
——湘柳河

儿时的湘柳河啊
河边杨柳依依，河里鱼翔浅底
河面上小船儿来往如梭……

又见湘柳河——
河水干枯，蓬草疯狂地生长
高速公路刚好从上面经过

伫立于黄昏的小河边
夕阳照耀着额头，我
一遍遍默念策兰的诗句：

你可以
满含哀矜……

（选自《诗歌经典 2018》）

# 三　槐

## 油菜花开了

油菜花开了
就在祖父的坟前
这是他
生前种熟的土地
如果他看得见
菜花这么拥挤
他一定会向河岸挪挪
我想他绝不孤单
这么多油菜花把他依偎
又把他高高举起
生前他就憧憬
冬播一季菜夏收全年油
我真的相信
这片花海
是他通向天堂的大路

# 小　满

夏天在一场雨水里长眠
阳雀飞临熔金的稻田
小满挺起刚刚鼓胀的胸脯
走在父亲身后
她的身后是一只土狗
土狗后面是时而重叠时而歪斜的影子，远处
低矮的天空下，炊烟笔直
呼唤声清脆
这样的黄昏不断重复着
巨大的安宁
悄悄充实她浑圆的身躯
小满并不知道
再过一个冬天，她会比谷子
还熟，所有的季节
也会老死在她的怀里，连同
生养她的土地

（选自作者博客）

# 黍不语

## 我的房子

由于厌倦，我更加足不出户
每天，我待在我的房子里，和我的房子一起玩耍
有时我们也静静等待
祈祷意义，和一些善良的雨
有一次雨下得太久，雨水哗啦哗啦，堆在房子周围
那明亮的流泻像时间
我的房子因此堆满了时间
我起身走向它们，看到我身后的身体
制造出大而汹涌的波浪
我的房子随着波浪在倒影中摇晃，不断变形
几乎像要碎裂
我的房子不发一言
我的房子承受着我，承受着时间
有更加隐忍的美，更加隐蔽的坚固

我的房子总是比我沉默得更久。

## 我的母亲坐在那里

当我从无数黑暗中，寻到她的子宫
我的母亲，坐在那里
像土豆落在敞开的地里。

当我开始一点点膨胀，一点点，与她分离
我的母亲，坐在那里
像被摘除果子的枝蔓。

当我怀揣她的汁液，耗尽她的日夜
我的母亲，坐在那里
像石头，在秋风中的寺庙前打盹。

我的母亲她，坐在那里
像一小块寂静，一小块阳光。
有一会儿我们一起，走在黑暗处
像我们同时
经历了某种消失。

## 来到城市的树

被我看见时，工人们正一根一根
搬运它们。大的，小的。粗的，细的
含含糊糊挤在一起。

还有年轮，但皮没有了。
还能立起，但枝叶没有了。

我想象它们曾经绿得骄傲，壮观
披挂着世上所有的星辰和露水。

我想象它们曾经拥有多么牢不可破的距离
多么完美的沉默，和多么心爱的鸟儿。

我想象它们如何被拔起，被斩断，被剥皮，被运送
被统一，被模糊，被扭曲，被消解……

我看到自己已无可挽回地，置身
那想象中。
我在眼前和想象中看到自己
被无止无休地搬运，堆砌。在它们中。

现在它们叫木头。一生的命运
还远未结束。

## 夜晚的母亲

她不认识一个字，
只有年轻时一个人养活一家子的蛮力。
她比父亲还要高大，
每个人从来没觉得，她需要怜惜。
她做的饭菜总是不那么可口，
她洗衣服依然不分门别类。
她肚子上的赘肉越来越多，
眼里的空洞越来越多，
坐在电视机前的时间，越来越多。
作为她的女儿，我们一直没有学会使用语言，
我们唯一的语言是沉默。
我们在沉默中忘记彼此，平静地各自步入更深的沉默。
直到那一天，我看见一张纸条上，歪歪扭扭
写着她的名字。
她在偷偷地学写自己的名字。
又一天，半夜，我从一场惊醒中走出
经过她的房间。
看见她背对着我，双手抱膝，
无声无息坐在床上。

月光静静地照进来，她一半的身躯
依偎着，一半埋在阴影里。
突然间悲伤汹涌。
我夜晚的母亲，她那么
不像个母亲。

## 瓶　子

每次当我独自
走在正午的大街上，人群中
在湖边或公园的灌木丛边
从下午，坐到黄昏
我感觉我变成了一只瓶子
无法开口，不能拥抱
有光滑细致的孤独
和充盈一切的骄傲
那时我会想起你
灵巧的手多么温柔
覆盖我，抚摸我身体的每一处像
重新造就
我不知道那样的抚摸也暗含着命运
当我成为一只瓶子，我有时候
空着。有时候接过
你折下的花枝

## 我不是故意的

我不是故意的。
不是故意与你们走散，故意找不到你们
也让你们找不到我。
通往春天的路那么多
每一条都盲目和热烈
每一条都布满新鲜的嘴唇。
我由于失语，走在自己的沉默中
成为最先迷路的那个人。
我知道我必将
先你们而消失。
世界为我们准备的模样，我将它丢到了
河的另一岸。
我必将消失。带着你们的遗忘。
带着所有对自己的遗忘。

## 平　行

那片草地。那片远远的，一意孤行的，
悄无声息经过我车窗的
草地。

像滚烫世界的一个意外。
我的眼睛先亲近了她。
我的心，将我放进她的怀抱，轻轻摩挲。
那一刻野花
回到草地。我回到寂静。
但天地昭昭。
渴望与渴望，自由与自由，坦诚
与坦诚，
互不得见。
飞奔的车迅速带走我。
像突然梦醒。
一种平行的荒凉的温柔让我们
看清：
这世上有永远空寂的草地，
这人间有茫茫无用的深情。

（原载《诗刊》2018 年 11 月下半月刊）

# 宋红莲

## 在繁华的边缘，有一片水鸟纷飞的湖泊

人总有些幻想
早晨醒来
听到了“雨咕咕”的叫声
心里有些惊奇
隐藏“雨咕咕”的
那片树林
在什么地方？
莫非又回到了小时候绿树环抱的村庄？
想了半天才想起来
在城市的中央
在我住的房子旁边
新修了一条宽阔的大马路
中间的隔离岛
看上去
就是一条一眼望不到头的林带
有玉兰树有金叶槐有落叶松
树林下
有兰花草有石榴花有长石凳

像游园
像花园
像令人流连忘返的森林公园
恍惚间
没搞明白
是把乡村搬到了城市
还是把城市建到了乡村
昨天在楚苑林拍了两张照片
看那走累了歇在林荫道的人们
竟然误认为看到了神仙
包括自己也身处仙境
我禁不住幻想
往前走的方向
在繁华的边缘
有一片水鸟纷飞的湖泊

（发表于 2020 年 6 月 2 日中国作家网）

## 蝴蝶那一双美丽的眼

你寻觅我的身影
期待一个美好的遇见
我追寻你的芳香
奢望看到一场百花争艳
你看见青山巍峨

我看见夜空幽远
你的记忆里藏着我的可爱
我的记忆里映着你的童年
白云在湖水里悠闲
思绪在往事里缠绵
蝴蝶那一双美丽的眼
只为追逐她喜欢的碧水蓝天

（选自中国作家网）

## 满塘荷花

六月
我会见你
淡淡香味
碧绿荷叶
碧绿的圆盘上的露珠
清澈
轻风习习
荷花
不写圣歌
情绪起伏
只有温柔的目光
噙住最美的瞬间
九月

再次见你
花儿谢了
红藕香残
即使凋零也灿烂
静静地与你陪伴

（选自《中国爱情诗刊》）

# 唐　敏

## 栀子花开

不知你
是否能看到
微风拂过时

你的眉心一动
就是闭月羞花
三两言语　就换了发簪
那时　微风刚好拂过你的白衣素裳

层层叠叠　徐徐绽放
我邻家的姐姐
总喜欢走来嗅嗅你
又若无其事地
走开

她柔美的身材
装满和善
微风过时　既不张扬

又装满喜欢

## 开　锁

掉了一层朱漆的衣橱
打开
红背心还在
只是父亲已去远游

而这之前
我给记忆上了 1400 天锁
包括这套沉沉已不年轻的衣橱

锁住，
篮球场上助攻防守的父亲
锁住，
打翻了糖罐为我做蛋糕的父亲
锁住，
给母亲倒洗脚水的父亲
锁住，
穿上我给他买的红背心笑眯了眼的父亲

其实我知道我
什么都锁不住

就像锁不住年轮
或
背心上那鲜艳的红

（选自作者微信）

# 田晓隐

## 我的夜晚好于我的白昼

如意中路卧在雾中
黄昏，我像一把钝刀插入雾中
雾有吞吐之意，始终离我三丈开外
我欲进，雾后退。向我推出
路边的铁匠铺、药铺、茶楼、酒肆
在雾中，忧伤是一味中草药
倚在门槛上的人统称为店小二
他们无所事事的白昼好于我辗转反侧的夜晚
当雾最后向我推出天桥和车站
这所有路的尽头
白昼如同一碗久搁桌面的凉粥
而黑夜即将来临
乳白色的雾被吞噬
灯火将高档住宅区和城中村一一举出
招牌上红色的字体血痕般凝固
我把自己从雾中抽出
有钝刀划过肉体的缓慢和沉稳
伫立站台，这所有路的起点

未知的苍茫。我的夜晚好于我的白昼

## 落叶劫

从一枚落叶里我看见：虫豸、弯月
蜻蜓留下的半个翅膀
我看见的，还有一个贪婪的粘网
为了准确地描述这枚落叶
我在风中饮完最后一杯苦涩的酒
挂在枝头时，它已残缺，被啃噬一半
这一半皈依了杨柳树下的黑板报
余下的一半叶片
癌细胞从中钻出了无数个窟窿
像极了因一把火扭曲的秋大，水面摇晃
浑浊的泪，昏黄的乡愁
当这枚落叶被秋水反复抬高
始终抵达不了远方
我仿佛听见木楼上的人踢踏木板
这枚落叶博大如海
粘网上的虫豸
咬住弯月不愿再飞
这一眼一天霜雪，这一眼一枚落叶
钟声响起，余音催花开，不敢催人老

## 在人间

山冈被洗磨得灰白
山冈上缀满大小不一的坟墓
山冈在冬日因咳嗽而弯腰
暖阳爬坡带着寒气
林间的坟墓里面
老去的人重新坐起来交谈
他们再一次回忆在人间的恩怨
回忆鸡犬相闻的日子迎来送往
回忆在冬日他们送走了很多人
然后他们也没熬过
冬日苦寒
体内经年累月的劳伤发作
最终他们被送上山冈
敲锣打鼓
那一天活着的人哭喊一程又一程
在鄂西北这古朴的群山之中
山冈胸怀博大给每一个人都预留位置
每一个人都能找到尺寸恰好的墓地

## 你的眼中有一条河流

你的眼中有一条河流
河流两岸是森林，深处有古刹
草甸上坐着一个孩子

河流上漂浮着秋天的落花
也漂浮着木炭，捣衣人遗落的头巾
河面上弥漫着上游飘下来的歌谣

你的眼中有一条河流
在河流的转弯处，蕴含着你的一滴泪
你的泪珠里面
有一个孩子孤独地转动着风车

## 伤别赋

雾中有脚印。柳条在雾中一再低头
从山里面来的人，脚泥上挂有冰凌
坚硬的淤泥路面
一路颠簸到高速路口
雾中双跳灯，闪烁的双眼

雾中此起彼伏的呼唤声，最悠长的是乳名
雾没有散去，柳条没有抬头

## 马　眼

从马的眼睛里看见忧伤
路途的遥远
风雨之中客栈孤零零的灯光
看见趴在桌子上打盹的女人
这一路还有什么值得看见和述说
从我给马蹄裹上布匹之时
马已经懂得它的孤独
遇见我的孤独——
驮着我从人世间静静走过
时常，这匹马隐匿在蒿草和雾中
我驮着自己一路走过
对视路旁那一双双蓄满水流的马眼
马眼里草原莽莽，绿草绾着云朵
淹没旅途的柴垛、马鞭、风中的铃声

（发表于《诗刊》2019 年第 6 期）

# 田　震

## 春之歌

燕子衔来一撮泥土，
将春字写在梁间；
喜鹊叼来一根柳枝，
将春字写在林间；
春风送来一支画笔，
将春字写满人间。

春风掠过田野，
田野披上绿装。
道路两旁树成行，
碧野无垠麦苗壮。
金黄油菜花儿香，
引得蜜蜂采蜜忙。

春风拂过村庄，
村庄喜悦流淌。
座座楼房气派，
条条道路通畅。

小车开进家门，
农家连通互联网。

赶上时代大好时光，
人人笑意写在脸上。
春天播种理想，
秋日收获希望。
拥抱美丽春光，
昂首奔向小康。

## “打”春

有时姗姗迟到，
有时寒意料峭，
有时细雨连绵，
令农人心生烦恼。

有时送上和风，
有时让柳枝垂绦，
有时送来暖阳，
叫农人喜上眉梢。

犹如淘气的孩子，
让人既爱又躁。

真想打你一巴掌，
你却云雾般缥缈。

于是造一头“春牛”，
吆喝声声充满欢笑；
一鞭又一鞭地抽打，
鞭策“春牛”快快奔跑。
打出心中的喜乐年华，
打出满园春色风光好。

（选自《潜江日报》）

# 田正文

## 黄昏时刻

天色逐渐暗下来的时候
我的睡意也涌上来了
我饱食终日
日子过得像屋后的小河水
不动不摇，如果不丢下一枚石头
是不会感觉到它的存在的
晚饭后，我沿着这条两公里长的道路
散步
什么也不想，什么也懒得想
其实，想多了也辛苦
也是空想
暮光之中，有人归家
柴门闻犬吠
有人离家，子夜吴歌唱得人衣衫湿透
我也算半个书呆子
细想起来，不过识得四个字
生
死

离
合
我为我的这个发现
加大脚步
我要快点告诉妻子

此时妻子正准备拨打我的电话
一轮新月，高挂在柳梢头

## 新的一天

推开窗的一瞬间
我看见了太阳的笑脸
这样的惊喜
我经历了无数遍

蒙一身尘土
在浑浊与清明之间行走
载一腔雨水
在欢喜和忧伤之间徘徊
沟沟壑壑
总见你慈祥的容颜

躺在母亲的怀里

来不及掸掉鞋帮上的尘泥
贴在暖暖的心窝
尽情释放长长的相思

青石板的台阶
述说亘古不变的心语
你轻轻向我招手
我已厌倦漂泊
轻轻地召唤春雨一样
复苏冰冻的土地

人生有多少峰回路转
就该有多少刻骨铭心的记忆
即使出走一生
你总在魂里梦里

快嘴的小鸟
唱着悦耳的曲调
柔柔的晨风
张开软软的双翼
恍惚中
我醉倒在晨光里

## 古村寻踪

天空，郁郁寡欢
灰蒙蒙的妆颜
鸟粪落满村口的土墙
几只无精打采的麻雀瑟瑟发抖

村庄，沉积千古尘埃
车前草面黄肌瘦
拖着疲惫的身躯摇曳
小河水一退再退

远方，树木萧条
沃野也显得气血不足
微风把梦挂在树梢
农夫把梦贮藏在酒坛

嶙峋的断垣残壁
悄无声息扎根地底
瓦砾深处，长眠一个时代
柳芽苞里，正预演下一个春天

## 中秋望月

很喜欢在月下独行
适合怀远　相思　望月
比如今夜　月圆如镜
月照镜　镜映月
镜里镜外都是相思的人

一路无话
只有淡疏的桂影追随我
只有馥郁的桂香缠绵我
我成了女儿国争宠的王子
秋虫也为我沉默

行到云起处　仿佛离月亮更近
一颗流星划向远方
那是他梦想起航的地方吗
流星眨眼　月亮微笑不语
我也不想知道答案

风吹过
我只想揽风入怀
我只想把眼前月捧在手心

让风轻轻吹
让眼前月慢慢走

## 新年献辞

当早晨的第一缕霞光
穿透窗帘的时候
我惊喜地发现
新年的福音悄然降临
我展开笔纸
写下新年的献辞
也写下新年的期盼
我写得很认真
像一个六岁的小学生写作业
用橡皮擦擦掉一些
仔细思考一会，再写出一些
新的一年，我将与生活进一步妥协
不断修改自己的命运
我知道　关于命运
一个永远玄妙的话题
而只有经过了曲折的人才懂得
其中的已知和未知
感谢神的庇佑
让我每天都沐浴在温暖的阳光里
让我充实而愉快地度过每一天

# 王安平

## 远　方

有一朵梅落在心上
二十八年的守望
始终没等到她的绽放
依旧在北门师范的琴房
我从古老的村庄
蹬着人力三轮车
正穿过牛马行
还要走过青石板的磨坊
虔诚地靠近芬芳
斑驳的院墙我会纵身一跃而过
却无法翻越自卑的高山
我就在你身旁屏着澎湃的呼吸
看你走出师范的院墙
穿过人武部走进人事局
多少个雨雪风霜
就这样默默护送无望
这是最近的远方
塞满十六岁甜蜜的心房

熟悉了这个小城的每个拐角
踏遍了每条街道小巷
每晚只为了守候你的背影
守候你马尾的摇晃
守候你如瀑的黑发流淌
多少个不眠之夜啊
一个人瞒过了朦胧的四季
这个南方的潜江
连绵的冻雨还有剧烈的寒潮
终于有了通透的坚冰
包裹着焰火的梅苞
冥冥中总有些事物
一览无余地暴露你的心思
一些远方的情怀
总在不经意间绽放
多年以后就算是你过海漂洋
就算是璀璨光芒我也无法想象
在这脆弱的南方
有一朵梅　落在心上　经年芬芳

## 沙街印象

古老的藤蔓
爬过石磨的沧桑

岁月啃噬猪巢的额头
童年遗落的欢乐
还有串串温柔的乳名
都被蔓须缠绵地卷起
双手疾书的谢家秀才
成了民国最后的墨宝
血脉偾张的沙街武术
书写 1938 的抗战血泪
泥泞的汽车路
延伸到历史的深处
连接起陌陌汉水的苍茫

规整的路面
切割稻香
依偎大堤一脸的荷花
静静开放
新翻的沟渠
偶有遗落的青花
发出碎片的惆怅
感恩的豆角
努力长成汗滴的模样
广场的大妈
扭动乳丰臀肥的欢畅
绿色包围的村庄
环绕清洁的光伏血脉

拥抱着多情的汉江

## 春　雨

这些饱满的雨水
让反潮的往事
变得沉重起来
滋润的根须
谢绝前台
在辽阔的田野
相互触碰
地表下彼此抚慰
等待一场风和日丽
穿透寒冷表达深绿
许多念头
被困了整整一个冬季
这场缠绵悱恻
迷蒙不休的滴滴答答
无意间
闯进了荒野巨大的门
惊愕卑小的叶
成就草木的一生
被我反复膜拜

（选自《潜江日报》）

## 2018 最后一场雪

夜里一场悄无声息的雪
掩盖了所有的心事
那些来不及的忧伤
也变得美好而明亮
深藏的阳光
还很遥远
正酝酿着一场春事
悄然抵达
那些紧闭的门窗
是时候打开了
昨夜辗转反侧的疼痛
东南西北的心事还没想完
不就是为了这场雪吗
这些没有故乡的雪
落在了我的村庄
内心不再奔跑
就像外边安静的孩子
双手在口袋里
握得咯吱咯吱响

（选自 2019 年《雷雨文学》）

# 王本伦

## 麻雀在人间飞

天空透明
对面楼顶上的麻雀
自由跳跃，从一个屋顶到另一个屋顶
从草丛里飞到笔直的树尖

很小的时候，很羡慕
背负青天朝下看的鲲鹏
若干年后才肯承认
这是传说而已

小河是美的，菜花是美的，荷花是美的，
菊花是美的，梅花是美的
野花野草是美的，牛羊悠闲地啃草是美的，
麻雀的叫声是美的
这些眼前的美
把我从虚无的天边，唤回人间

人间的美，在人间飞

这样的时候，我必须仰视

一只麻雀飞行的高度

（原载 2019 年 12 月《速读》）

## 老　屋

小时候，老屋就是老家
老了，老家没有了老屋

过去的光阴　堆成废墟
现在的时光　恍恍惚惚
梦　在梦中寻找
儿时的月亮　是一首怀乡的歌
世外桃源里的每一朵桃花
都是隐喻

我突然清晰或者顿悟
老屋还牵着我的
童年

（原载 2020 年 1 月 2 日《楚天都市报》）

## 寻　佛

佛在灯火处
一盏灯
在天外

## 一枝玫瑰

前天以前
她还叫玫瑰
过了一天　又
过了一天
面无血色，没有人
惊讶　她
曾经是玫瑰

（原载 2019 年 11 月《京西文学》）

# 王德云

## 电焊工释放出无数的星星

知道你们都是块材料
比骨头还硬
要你们弯就弯
圆就圆
扁就扁
成器还真的要服从
取长的取长
取短的取短
不知忍痛还是不忍痛
每一段很铁的关系
被切割机放出星星
按预先的设计各就各位

委屈你
伸展他
焊条在切开口伤口处用星光缝合
少一截真的不行
要相同与类似的补充

站对了地方也对了
用错了地方也很对。
电焊工熟悉你们
如同熟悉他自己
用委屈了你们
切开时还发尖叫
而他粗糙的手
被铁味的星光灼得开口
也还是无语
一个一个结实的雨棚
一次次竣工
释放出的星星
数也难数
闪亮的天空

## 云朵是我们要放牧的羊群

梦打开再打开
草根从嘴唇咀嚼
长成全身的毛发
与奶都是洁白
纯净
给这个世界
给予这个世界

辽阔至魂灵的湛蓝
喧腾成浪花
承受岁月的鞭策
跃入苍穹
无边无际
云朵是我们要放牧的羊群

（选自中国诗歌网）

# 王威洋

## 后　窗

中午醒来，我把你
买来的挂面，放进热锅里
窗外经常
被零散的雨搅乱
几米外的阳台，衣物混浊
有几片被虫咀嚼的菜叶
我隔着很远就能听见
你敲门的声音，跺脚的声音
仿佛要跺去我多年的疑惑
我把从来不看的电视
缴上费。但我还是不看
闲言碎语
那些脱离身体的言语

## 我们急需租一间房

她的房子，缺少家具

虽然很便宜
能遮住两个不害臊的身体
在下雨天
我和她不用四处行走
在雨伞下低头，数水坑了
但是她的房子
终究缺少家具
我们远走他乡，也流落街头
我还是不能够接受
那几个平方米的空旷

## 这是不一样的愤怒

在工厂里待久了
人会莫名愤怒
实际上我没有时间
看那些喜欢的诗
我也很久
没有上过山了
山上的水
很少有人
把愤怒洒在那里

其实我的愤怒

跟他们有些不一样
我在愤怒
他们不给我们时间
去理解一首诗
和自己生命里
能够发光的部分

## 超市要打烊了

大概是前些天的争吵所致
我们把日常的生活用品
列在了备忘录里
当务之急，那些要紧的部分
每日亲昵的常态
我们要通通
塞入一个小小的麻袋
还剩一秒钟的时候
我们要进入收银台那头
进行一次检阅
她迅速将多余的碗盘
塞了回去
怕我们在回去的路上
碎满一地

## 2018 的第一天

那些雨来得突然，温度骤降
我们只能将瞬息万变的一刻
吃进体内
今年的第一天，从一碗小馄饨开始
她说她喜欢这样的味道
这是两个人在宇宙中横行的味道

## 千字书

东风路的老式娱乐厅，露天台球
1996 年的肉串，一元六串，臭豆腐
在我和妈妈的嘴里打滚
茶馆里，麻将的撞击声
在我的作业本上作答
红叉叉　血淋淋的
老师说，钩钩挂在你湛蓝的衣衫
我折断 179 元单支的高级乒乓球拍
将试卷投入臭水沟，在胸口埋下炸弹
它们付之东流，被粪水冲走
被驱散的 101 号队友，高二

2008 年，冰冷的身躯横卧
像被我们瞻仰的仙童。白血病
第一次出现在他的病历簿
仿佛如此的轻，字迹，稠密得像老师
方程式的答案

钢筋与水泥，雨后遗留的一摊
浅显的倒影里我与邻家妹妹
把稀泥，用踢踏的步伐，溅上裙摆
天上的泡沫，黝黑。羽翼轻快，雪白色
在轨道外中枪，白色里的暗红洒向
妈妈的眼睛
卧室里，房门的中央，青春期的铁拳
把房间分成许多份碎片

麻雀在屋顶上，看着恍惚的童年
晃眼的紫外线落在皮肤的肌理上
蒙德里安的田园交响曲
我们是在画框里面，还是外面呢
爸爸，你在地面摩擦的纸箱
再也承载不起你要拖走的衣裳
里面有妈妈曾经给你打点的西装
纸箱角落，破损的洞口
一下子就戳中了我的泪点
洞口，我从里面看见了 90 年代的波澜

鸳鸯执意分离，离婚证在烟灰缸里燃烧
那些年，成年男性的衣物从家里
逐量减少，减少的还有院子里
光秃秃的平房

爸爸，从前这里的泥土，在平原上
像温顺的海洋，你举起我
跨越它们，我们嘴里的每一口稻米
煤气罐、棉絮、索尼录音机、长虹电视机
都曾在大海里漫游。尖尖的电视塔
一座小城的诞生，又潜一道入江
蟒妖游历平原，在南门河一带活跃
爷爷吃过那条河里的鱼，鱼刺卡在

古老的咽喉，在三代人的体内哽咽

清明时节雨纷纷，一座坟茔与后面的另一座
再往后面数，美术课上，老师告诉我们
这是透视学的原理。愚钝的我，绘画三年
却画不出爷爷的模样，他最后一声呕吐
击打在一个女人敏感的乳头上

薄薄的被单里，奶奶干瘪的乳房再也不让别人触碰
陈旧的书架，六朝佛像改为观世音菩萨
南无阿弥陀佛，南无阿弥陀佛

无数个清晨，烟熏与教乐，彩叶与豆角
菜篮的呼吸
80 年代奶奶做大衣生意，将四颗幼苗拉扯
我爸爸娶我妈妈。熊口镇林业站的公共厕所
人工冲水，黑色的天生锈，因为一场雨
分娩的稻草落在皱纹上
凳子上的鼾声，奶奶，我记得你有一副好嗓子
二姑和二姑爷曾工作的农机公司改制，下岗
你在他们的新餐厅秀了一嗓子
唱哭了老天爷，如来佛祖我不知道
他们哭的真正缘由，那一年我脚上的黑色套鞋
我总是抹不净上面的泥巴

你说现在的日子已经太好了，灶草时期
锅里煮的麦黄草，灶里烧的马绊草
一顿吃得喷喷饱，走出门外风吹倒
我总理解不了你说的好，这是不是一种
妥协，每当我想起一些人
我依然感到家徒四壁

（原载《长江丛刊》2018 年 8 月上旬）

# 王　宇

## 生命各领其欢

乡野有风。湿地上有薄雾
几只长尾雀，并排歇在电线上

我在这里漫步
缓慢，纯粹
与黄昏的宁静相融

一个高马尾的女子在水边低眉
鱼翔浅底，波光粼粼
在她身后，一闪而过的鸟鸣
向人世投来湿湿的一瞥

生命各领其欢
我在这里
顺从一种神秘的馈赠
不曾走远，也没有靠近

# 遇　见

期待已久
这短暂而又深沉的宁静

水乡如佛
池杉亦如佛

鸟鸣与水光呼应
我用心底的梵音

不断打探荷塘的消息
我钟情坠落的叶子

我的梦不长
此时，我的中年站在秋天的水岸

魂魄走出体外
时光停顿

十一月的水乡临水照影
与我，再一次遇见

（发表于《荆州日报·垄上诗荟》）

## 在郝穴

水杉叶子灌满水汽和梦幻
在滨江公园，我把双手伸向虚空
一手托住龙渊湖的风影
一手握住小城节节拔高的天际线
看不见的大堤内，荆江九曲回肠，日夜流淌

大江从西来，我从北边来
老家到郝穴，五十里的路程
我走了快四十年才抵达

那时母亲三十岁，告诉我
郝穴镇有东门，西门，南门，北门
比县城还要威风

现在郝穴真的成了江陵县城
车轮一圈又一圈
找不到四座城门
找不到母亲卖劈柴时上岸的水埠头
留下油盐钱，再给我们买些糖果回去
那家店铺也不见了
百里之外，病床上的母亲，日渐消瘦

我想起母亲给我讲四座城门时的语调
剥开糖纸喂给我时的眼神
在郝穴这个坐标点上
时空仿佛一下子就凝滞了

（选自作者个人微信公众号）

# 唐本年

## 一些时辰

关门与开门之间
除良辰吉日，在遥望
与守候，应该还有
一些时辰
被回忆的脚印常常涉足

虽然这些时辰
只是一个个艳阳天
或者是风雨之夜
很平淡地在某个年月中
作承前启后

然而它的美丽
抑或丑恶，确是非凡的
现象整出的非凡感受
让我们在平心
静气中，也有种胆战心惊

## 寺　庙

行为空间的里程碑
因心灵的迷惘
无处不在，香火的旺盛
尤以其人之道
步步为营
常年遍布欲望的跪倒

我是个不配有信仰的人
叹为观止的
时间里，图书馆
和书店是我经常出入
且信以为真的
唯有的一种精神的寝食

## 真实存在

站在途中，不管是
道路，还是一条
湍急的河，是碑抑或帆
你的真实存在

就是一种朴素的风景

何必要人在自己的面前
读出一些虚情假意
然后将迷失的
人生，对准
事物轮回的那道缺口

真实的存在，仿佛
一颗灼亮的宝石
仅用一抹很不起眼的绿
就能将自己
挂在风中的制高点

## 心的承受

忘掉它吧
只当是一次邂逅
即使它是黄道吉日
带给过我们
门板也挡不住的大运

当泪水深沉
日子挣扎在毛孔松开的

摧残抑或熬煎
凝重感便无尽在
万籁俱寂时的阴影里

心的承受
并没有以瀑布
从喉咙里一泻而出
而是以滴水
颤悠悠地选择了
一种情感经久的花岗岩

## 说弯弯曲曲

不学无术者竟迈着鹅步
以圣人的口气
在沧桑历史和经纬里
横冲直撞指点江山
说一些弯弯曲曲！可笑吗

把无所畏惧的渣之狂妄
用呐喊演义成夜的
主题，所到处
心灵像冤鬼的魂
缠住身体力行，悲壮吗

生活无法容忍私欲膨胀
日子在清冷中胆寒
失去与拥有时
被与时俱进的潮汐
托举着北漂南泊，无奈吗

（选自作者博客）

# 西　土

## 立　秋

微风阵阵，在清晨
吹散了依附在脸庞之上的狂野
一颗火热的心，给予了昨夜
旧时的星辰

立秋了，我不敢信
一生的琉璃时光，如同
夜空中的流星，还没有来得及好好端详
便一闪而过，不给青春一次挽留的机会

迎着秋风，我收紧了脚步
身后，执着追随的影子与一叶
半黄的叶子，在风中
晃了一晃，然后从容地隐藏在秋色间。

## 致秋叶

如果春风温情不走
秋风离别缘何就来

在峰回路转的秋风中
有更多的叶子，一阵又一阵地在飘荡

如果顺势而下，落在了树旁
一生的虔诚，那就是最好的归宿

如果身不由己，浮于了流水
一世的命运，还需要虔诚地参透

在秋风中
一阵瓜香果熟的芬芳，有时
抵不过一种领略尘世沧桑的味道

那些知情懂爱的叶子，它们在秋风中
缓缓落下，从我柔软的肩头经过
离那高挑的枝头，似乎已越来越远。

## 病时的母亲，拥有了短暂的第二故乡

母亲，有母亲的故乡
有细腰如长的河流，芬芳醉人的泥土
有浆汁充盈的青青稻穗，在方正的田块之上
托举着她，一生未曾改变的弓形侧影
母亲的故乡
一直被母亲拥有着，而我不曾
就像她，不曾一直拥有我的故乡
我的故乡，只会被
母亲做短暂的停留，在病重时
母亲，才会缓慢地步入
唯恐惊扰的脚步，被母亲刻意地收敛着
轻轻地
静静地，看
远离田野的高空阁楼
霓虹闪耀，看她
逝去的青春，和
错过的第二故乡
不曾有一丝的倦意。

（选自作者博客）

# 秀　夫

## 她的名字依然叫作雪

你来的时候，我一直静默
至少在纷飞的过程中，我得保持最细致的呼吸
以配合你的降落

怕惊动你，那些飘动的无声无息
怕偶尔出声，让你的晶莹退缩
明朗的天空，明朗的梅，还有明朗的心情
要知道，我已盼望得太久
在灵魂的最深处

我沉醉在一场梦里
也终将惊醒于一场梦
哪怕只是一次偶遇，或者，一个巧合
哪怕这则春暖花开的故事，只剩下一个字
她的名字依然叫作：雪

## 12 月 7 日，雨雪将至

天空很低，雪原将在未来形成
云层来去匆匆，此时雪花单薄，人前或者树后
它们星星点点，不知取舍
就着一树寒梅，飘散在暗夜的姿势

或许，这是最隐忍的降落
在抵达之前，冬天已经远离
它们常年流离失所，现在正一缕一缕归来
许多日子，围绕着忧伤
若我，用一袭等待，包裹内心
灯火的那端，仍旧只有你的身影

我被你的白击中，被一束温暖击中
这样的时节，唯有雪花片片
才能映衬，飘散的命运，好在你的拥抱
即将覆盖一切，在空中
那些没有翅膀的飞翔，已经返航

遥望大地，每一个苍凉的角落
都有雪在潜伏，雪在燃烧
我看见你透明的微笑

此刻，若即若离，又无处不在

（刊载于《南风浅浅》2018年12月第58期）

## 一不小心就坐在花丛之中

用一种臆断的方式，在春天抽空喘息的瞬间
一个孤单的人，就这样坐下了
窗外，雨声正抖落疲惫
眼前，一道河正熟睡在另一道河中

四周是，花朵花朵花朵花朵
中间是蕊，是手指绕过茶香的滋味
服服帖帖向心的一边倒去
然后长叹一声
前唐，或者所谓后宋

音乐如月光准时升起，花骨被清冽冽的风
拨动，被悬于十八层的檐铃
拨动，什么是物我两忘
长发三千的李白，躺在溪边
温玉满怀的柳下，坐于城郭
一只颤动兰花的眼睛，知道什么在地底下奔涌

而此刻，在我的手中

躺着另一只纤弱的手
像幸挨着福，像花瓣挨着骨朵
像一不挨着小心
轻轻倦握，疼痛的雨滴就开始
缓缓上升

这时候的花朵，你仔细看
株株都是涂了口红的玫瑰

## 暗恋桃花源

桃园之外，我省略了出墙的几朵
夜间多有是非，我在门口更怯于提及往事
只好沿着元曲的溪流，不停奔走
然后积劳成疾，一步一步接近清贫的三月

想不到的是，这一路奔波
让我省略了更多平平仄仄，还有莺莺的花鞋
在半路，一个书生截去了我的
前世姻缘

没有悲痛，只剩守望
在时间的东山，我日夜咳血
看似辽阔的归途，在雾霭中迟迟不开

可为什么，我依旧偏偏喜欢这样的句子
春风潜伏，一夜花开
那些招摇的花枝，在远方
一不小心就把串串暗香，伸进我的梦里

辗转反侧，翻身起床，学古人在月下焚诗
想你在来年的花蕊，幻化成狐
你说，桃花无罪
所谓孽缘，都是些季节背后的忧伤
我等不及春来，就这样落荒而逃
但你要答应我，来年盛装之时
花瓣纷飞，你随手扔出的暗器
不要伤害我的魂魄，只取我
身体里的孤单

## 别告诉我你不曾为秋风所动

昨夜梦见，草木丛生，在广袤的平原
你的香味风吹不散
夜间伺立城郭，更有月亮当灯，秋风啊秋风
像一首扶摇直上的歌谣
这一吹就是十年

我们耳语，恰恰是四周有许多不宜

你应该明了，是你让我喜欢上黑夜
喜欢上安静，这个最普通的词语
在黑暗的背后，打着一束光亮，经夜不熄
照着你柔软的花房

今年，秋雨的脚步缓慢，它迟迟不来
在婉转的季节背后
你的肌肤，早已胜雪
我约过你，要去临江楼上饮酒，那些伤人的液体
仿佛江山，一幕幕在眼前流过

独立寒秋，我看见一粒粒阳光飞舞
这些秋天散乱的物种，会在明年的某个时日发芽
现在，你静如处子
如同办过大事的社稷美人
可别轻启你的朱唇，然后告诉我
你从来不曾为秋风所动

（刊载于《湖北诗歌》2019 年 3 月创刊号）

# 雪　鹰

## 计　算

麦梢泛出黄意。油菜荚更趋饱满
它的秆已撑不起身体

那个靠拐杖走路，眯着眼计算
收割日期的人突然扔掉拐杖
走进了黑魆魆的夜，抛下猫
狗，在春天即将过去之际

我每天照常骑车在县城和
小镇间来回，仿佛巡视天堂
与地狱的神。沿途的风物激荡喜悦

无聊了就数路旁电杆，比较
路程远近，把凡能抵达的都
走一遍，看哪条便于雨天
哪条适合夜晚。要是碰到鸦群
也会停下车点一支烟
静静观赏，只要不赶时间

初春油田放炮
一路上布下许多电线
我一根一根数着，替布线人
渡河担心。我曾在遇雨时向老天
祈祷，求它高抬贵手长长眼睛

这条路一走就是八年
还会走多久琢磨了半天心里没底

## 遇　见

它又来了。这次脚步略略
重些，比半小时前

我正失眠，正眯着眼
盯住手机上的诗

他们的车经过一片树林
他们遇到了一只麋鹿

如同深夜
我梦醒时遇到一场雨

我们总是在遇见
不断地遇见遇见

生的意义或许就在于此
你可以孤单一辈子

但不可能毫无所见
毫无所遇

它又悄悄走了
在我关注遇见这刻

也许只是停住脚步
在瓦缝窥视

屏息凝神，看遇见中
我的不安与沉思

没以为它这么快就悄无声息
我担心它持续到天明。那样

我遇见的红灯和店铺招牌
打着呵欠揉着睡眼的学生

卖青菜的妇女，早点摊的老板

顾客，会全湿漉漉的

一改阳光下的爽朗、透明
不过并不让人索然无味

每一种遇见都是幸运
移开手机我翻了个身

我要赶在它再次拍打屋顶前
进入另一种遇见

## 幸　福

它缠住了另一只
弯下腰，她想帮它解开

只有傍晚和清晨
它才陪她下楼，逛公园
或到小区林荫路透气

房间豪华。她喂它牛奶
火腿肠，鸡脖子，给它洗澡
揽它入怀，嗲声嗲气叫它

它经常跟她游戏，把袜子
鞋，藏起，逗她生气
也帮她衔来衣服，换取

笑脸。还跳进她的澡盆
钻进她被窝，她从不惊叫
温驯地任由它舔

她抚摸它，夜静得能听见
心跳和细微的喘息
似乎这样它就更乖更生猛

春阳射进房间
它能一下子把她扑倒

她骂它，恼怒地用脚踹
拽它离去；它不时回头叫
好像在把它的幸福
告诉不知发生了什么的同类

## 鼬　鼠

它在我后院出现
只一闪，就翻过围墙

进入一个更大院落
那儿曾是工厂
一年四季炉火不熄
如今衰败了
墙角长满杂草灌木
坑坑洼洼的地面
堆放着一些木材
它肯定还有同伴
它们嬉戏，交配
叽叽叽欢叫
在结满蛛网的厂房内
把人世间的情爱
演绎成狂野的版本
我的院子狭小
它只偶尔光顾
或许并非这样
为寻到更多食物
它经常来
只是我没发现
初春，雨后初晴
我整理好外出的衣物
站立阳台抽烟
听不远处广场传来的
音乐；我看见它
褐黄的鼬鼠

从被遮蔽的墙壁
爬上后院的矮房
一低头就钻了进去

（选自作者博客）

# 徐宗远

## 老　屋

二间一堵山墙，
是父母安身立命的地方。
为何不是三间？
是贫穷给予它的使然，
更是贫穷留给父亲的终生遗憾。

我在这里呱呱坠地，
在它的摇篮里成长。
是它，抱起我的希望，
背起我的梦想。

它用一只眼睛的窗户，
给我看世界的半片光亮。
紧锁的门楣上，
害怕世人看透它的寒酸。
它　窘迫地背负着
历史对贫穷的沉重记忆；
装满了　父辈们托付给我的希望！

它是我小时候，
梦想诞生的地方，
曾经　被屋檐下的麻雀儿
吵闹声捣乱。
它是我年轻时，
放飞梦想的地方，
曾经被屋脊上的喜鹊们
唱得喜气洋洋。

如今，它衰老了，
用满脸的皱纹，
见证世事变迁的沧桑。
用一只　迷茫的眼神望着我，
麻木的、朦胧的，
不认识我这个背着行囊的儿郎。

（选自作者博客）

# 小　桥

## 文　字

我们习惯给文字穿上衣服
时髦的　陈旧的衣服
鲜艳的　洁白的衣服
我习惯给我的文字
穿上灰色的衣服
灰色的衣服里
没有忧伤
也没有欲望

写昭君
一拨一拨的人去了香溪
去亲近美人昭君的故土
一拨一拨的人离开香溪
来抒写美人昭君的故事

我也去了香溪
满目的大山　与溪流
一如我从前见过的美

只是多了些幻想
那萦绕在山顶的团团雾气
迟迟不肯离去
由浅蓝至深蓝
由分开到聚拢
那白雾的尽头
是否住着一位温润的公子
期待着　守候着
昭君缺失的爱情

昭君的故里
没有爱情的故事

## 背　影

在没有月色的晚上
像月光一样朦胧
在没有路灯的小巷里
一半是明
一半是暗
文字在键盘里挣扎
直到背影
由模糊到清晰

（选自作者博客）

# 心　生

## 列车驶过南京

高铁，中国速度
历史云烟，沧桑时空，一并
高速驶过南京
六朝古都，思绪穿起那些金钗银钗
不用银两，我用二维码替她们赎身
秦淮河，还飘摇进京赶考，口背八股文
翩翩书生
栖霞寺院，低回僧侣超度
江山更替的梵音
忘不了历史的站台，只想
听雨花台带血的呐喊
看中山陵伟岸的身影
真想把三十万遇难同胞兄弟姐妹
从纪念馆喊醒，从碑文中
包扎好伤口，再一次思痛
为遇难者鲜血叫冤
为屈死人白骨伤情
不能忘却，日军的屠刀，铁蹄

屠城南京，蹂躏百姓
罪恶滔天，如山铁证
我此刻的心在滴血
祈愿和平，世纪警钟长鸣
啊，金陵，啊，列车驶过南京

（选自《潜江文艺》2020 年第二期）

# 砚　浓

## 五月花事

石竹一直不肯凋谢
罂粟就要熟了
栀子花、金银花适合宅男宅女
不结籽实的石榴花
暴露斯人阳光下的心事

忽记起百里长渠边的凌霄
不知此时开得怎样

## 恐旅症

初冬，天色阴沉
坐在 D2194 靠窗的座位上
睁眼闭眼都不得安神

曾经多年天南地北地漂
能习惯每一种方言

能习惯每一种风土

一个人的旅行
应手而不得心，甚至
害怕整理行囊，害怕上路

“恐旅症”，与交通工具无关
与速度无关，与站点无关
与旅行本身无关

## 木　槿

秋一个劲往深处去
马昌湖边，那只像极了杜甫的
白鹭，微微侧过头来

四面寂静。说不清是闲情还是愁绪
也许只是下意识的一瞥
近身的是艾草，是菖蒲
稍远一些是风信子，是木槿

落脚在城市公园的白鹭
见惯了秋风以及秋风中的事物
看到木槿，稍有停顿

木槿。唐诗宋词里都找不到的木槿
不安心做菜园子篱笆，从乡下
跑进城里来

（选自作者博客）

# 殷书梅

## 短诗一束

### 1. 抉择

月亮越亮
越寂寞

### 2. 成长的烦恼

如果知道将来
会长成那种
很讨厌的大人

我无法选择不长大
只好不再讨厌他们

### 3. 玫瑰

有一年春天
你把我从枝头摘下
送给笑容温柔的她

说我是你
见过最美的花

### 4. 雪什么都不知道

雪是不分轻重
不辨是非的
落在好人和坏人的肩头
落在脆弱和坚强的眼里
落在仇人的剑首和情人的眉间

它连自己熬不过明天
都不知道

### 5. 落日计划

落日计划的核心并不是落日
是眼睛

### 6. 诚实猜想

有没有可能
眼睛并不诚实
所见的苍凉其实更苍凉
壮丽的更加壮丽
可爱的更加可爱
可怖的也更可怖

眼睛自己受不了这种丰满
便以为我们也受不了

**7. 花火**

花火
是把夏天迅速燃放
给内心冷寂的人

**8. 特别**

新长出来没染过的头发
和没有颜色的指甲
因为与前辈的不一样
以为自己很特别

**9. 胆小鬼**

我浪费笔墨
去赞美花，夜
眼波流转
丰裕人间

怯懦令我闭口不提
那凛冽的风
慌乱的人
无辜死去的昨天和

惊魂未定的明天

我多胆小啊
吞下磅礴欲出的呐喊
同他们站在一起
赞美一切轮不到我赞美的
和根本不值得赞美的

### 10. 信期

有公狗的味道
Lucy 抬起头使劲嗅了嗅
确认是公狗而不是被风卷过面前的矿泉水瓶
瓶子“砰砰砰”蹦跶
像极了它的心跳

### 11. 教导主任

月亮凝视地上
每一个不回家的人
记下他的名字
交给明天当班的太阳
并交代
重点晒晒这几个
一定要黑到
他妈妈都不认得

## 12. 落枕

晨起
往左看会很痛苦
怀疑左边有爱情

（选自作者博客）

# 鄢来刚

## 微型情诗十五首

### 墓碑缠满牵牛花

父亲　你亲手交给我的那头牛
如今已变成一串花
怎么牵　也不肯回家

### 电焊条

渴望奉献给你的那束耀眼火花
怎么会成为你心头
永远的一道伤疤

### 剖宫产印痕

这哪是刀疤呀　孩子
妈妈怕你记不住回家的路
特意做了一道标记

## 圆　规

两条玉腿
始终不愿走出
圈定的范围

## 花　伞

你的到来让我如孔雀开屏
你走后
我把潮湿心晾干收藏

## 门　神

自贴上的那一刻起
我将日夜守护
你的门庭

## 橄榄球

高兴被你从橄榄枝头摘下
为何不小心翼翼地品尝
却要重重地将我摔打

## 棒　球

明明知道会挨当头一击
却还是要

奋不顾身扑向你

**滑冰场**

当你梦想成真笑脸挂满热泪
我冰清玉洁的身躯
早已伤痕累累

**石　榴**

怕你不能慢慢地细细地品味
我把珍珠般的心
碎成一枚又一枚

**龙　眼**

只有你生花的妙笔
才能描绘我的名字

**柿　饼**

为你长久贮藏
才变成这副模样

**含羞草**

触碰是一股暖流
我的血液里
长满娇羞

**杜鹃鸟**

声声鸣啼都像歌唱
为什么歌声里
全是带血的忧伤

**金耳环**

两句悄悄话
携带 99.999 的纯真
轻轻贴在你耳根

（选自中国微型诗网站）

# 严开梅

## 牵着寂寞去散步

独处时间太长了
静止的东西都有了灵性
滋养出一个神奇的宠物
只有自己看得见的宠物
下雨天
它以狗的姿势坐立门前
晴天
它躲在屋里不肯出来
我想了想
给它取个名字吧
就叫寂寞
属于自己的屋子都容不下我们的时候
我就牵着它去田野散步
让它
随了云飘荡
随了风浅唱

## 芦　苇

你怎么
你怎么忍心
忍心让我等得白了头
青葱岁月随风而逝
热情似火付水东流
为了一个
一个不知道我的存在的人
我站成了冬天独有的风景
不等来世
就在今生
我把满腔的心事
化成一缕一缕
化成一片一片
赛过漫天的雪花
飘向你

## 太阳将逝时我对那朵白云说

你说你不喜欢忧郁
我分明听见你沉重的叹息

我不明白
你怎么这么多悲伤的心绪
也许因为你太纯洁太真诚吧
哦，白云
有一天你会变得沉重
然后落到小溪里来吗

（选自作者博客）

# 杨代林

## 路上的诗意

五月是捡拾忆念的时候
在前往菜市场的路上
天空晴朗如昨
一路上，你昨夜的空房间
有韩国式意象出没
自从这个世界博士诞生
做功课的人越来越多

菜市场永远是一个
大杂烩，人影幢幢
想到刚刚浏览的音乐剧
西贡小姐。而我
正为一个清廉小品找不着北
瞧！那些青菜叶多鲜嫩
脑海中就冒出了韦庄的诗
垆边人似月，皓腕凝霜雪

我买了两条大白刁和三斤豆瓣酱

还想继续转悠
当麦金托什联袂鲍伯利、勋伯格
寻找下一部题材
在黑暗之中东方的音乐显现

五月在升温
战争的炼狱里姑娘们更热辣
我有颗大海般的心
那里面有无数梦想
一个声音悄悄在说
摆脱这种生活
逃离这个地方

昨天买了猪肉和鲫鱼
今天可以忽略
人真多啊
谁谁都在为生活犯愁么
可还是像我一样胡思乱想
一边是严肃的主题
一边就想到风月场
我一直在这里，在我的路上

而我总是在为买菜发愁
琳琅满目，何去何从
想一想那个叫金的西贡小姐

如何被催生出来
每一天我都在等待
幸运之神让我们相遇
让我们横渡
那宽阔无边的海

## 五月燕语

五月的鲜花开满原野
静静坐在办公室里
下午的时光悠闲
窗外风光怡人。这正是
花团锦簇的良辰
我执着地想到你，想到
可预知的充满希望的明天

独自偎依窗前
像一株室内植物
我吸着烟，回首
幸福感的滋味
我坚信那些已逝的芬芳的甜美的诺言
还会回来
莺言燕语如缤纷的花蕾
一朵朵绽开

你姣美的黑色眼睛
拂过我的面颊
这是桌面的梦幻的时间
介于现实与虚幻之间的
陡增的时光
这是纪念碑似的时刻
你将发现又一个清晨如期到来

## 西北偏北

头伏天里，本该
炎热的时候
我行走在
鄂西北的山间盆地
襄阳，浑圆的屁股
弯曲的骨盆
风儿吹来
感觉到凉爽

你站在长虹南与檀溪路交会处
突然迷失
子夜。街灯昏暗。不见远山
我尝试过一切之后

只剩下大海
尝试着中年之后的漂泊
大海的滋味
只有孤独

领悟爱的滋味
但爱像泡沫
发出炫目的色彩
我们何时才能
把你看破

## 樱花的灿烂季

当你纯粹的颜色
铺天盖地地汹涌
当你的灿烂前程
眩晕了我的眼睛
那是樱花的灿烂季
像彭斯、拜伦和聂耳
短暂而夺目

家，小乐园，俳句
汉诗或者自然之山水
诗人的想象无边无际

跨越大洋的舰队
在如花的海岸线
释放黑色的烟幕
食年糕的民族可还能安然
享受着过年的滋味

事件总会有一些由头
杰利柯是，或者杰利柯行
原来是擅长装扮的老猫精
晃过 20 世纪的艾略特
匆匆，以及号叫的一代
要往何处行
而你们还想模仿子规啼血
在映山红深处
在迷离的花径

多少年了
多少旧事的弹片
多少屈辱，还有多少纷争
把伤痛定格在博物馆吧
我只要我的旅顺港
安然无虞
海岸边的山头上
年年一度樱花季
缤纷，灿烂

神州永恒的胜景

（选自作者博客）

# 杨汉年

## 猫的减震器

就餐前，头一盘烧好的咸鱼
把叫声轻柔的猫引到了饭桌旁
我们刚才谈论着
生活中有些什么需要剔除掉
它有些不识时务，不知道从哪个角落
叼来一只身子早已干枯的小老鼠
兀自蹲在客人的脚边，向我们演示它的捕捉技巧
我不敢说这很糟糕，因为老鼠已经不再是它的主食
它的晚餐就在我们的嘴边
猫不停地变换着姿势，伸出锋利的爪子
去试探老鼠的尾巴，可能想象它会活过来吧
甚至把它摆放成一副敌视的样子
自身则肃然耸起。唉，这荣耀的练习
被天性折腾着，已经很难派上用场
我们看到一身金黄色着装的老虎
在动物园的铁笼里打盹
这只猫却比较幸运
至少它在我们家的杂货铺，过得还算逍遥自在

连续两天，它心血来潮
在搜寻老鼠的踪迹时
打翻了好几瓶老酒和陈醋
都能够在父亲的呵斥下从容逃脱
又在母亲的叫唤中安然回来
这种妥协让我们共享安宁
一只成年的猫，传说中有九条命
你把它当作一个破坏者，从二楼扔到地面
居然会毫发无损。这得益于它的脚趾
类似于一种减震器
此刻，它安装在这首诗里

## 神　龛

每逢春节来临
我们都会把居住的房子重新打扫一遍
母亲常说，屋子干净，心里也亮敞
某种必要的回忆，也患有类似的洁癖
小学寒假，剩下腊月的尾巴
父亲出门未归，鹅毛大雪冻结了他的尊严
她牵着我冻得通红的小手
到大队会计家预支下一月的口粮
回来赶忙爬在一架吱吱响的木梯上
用浸满肥皂水的毛巾，擦拭堂屋正中的神龛

平时她也站在这个高度，只是我们熟视无睹
生活的痛楚正吻着她的面颊
我们都忽略了她逐渐衰老的根源
我在一旁帮忙，举起竹竿接长的扫把
将周围的蛛网全部清除
神龛上的画像才露出一丝陶瓷的光
可它对母亲发愁的眼神总是无动于衷
让人敬奉的东西属于易碎品
我无形中失手打破过。仿佛请客似的
神龛下方的八仙桌上，杯碟碗筷整齐地摆好了
父亲爱喝的小酒也飘出香味
母亲把大门关拢，不让我去打扰它们
香烧到一半，我扔掉扫把从门缝往里看
屋内没有任何动静
只有诱人的饭菜冒着热气
我若是推门进入并坐下，不需要神的同意
但必须经过母亲的准许

## 一本儿童读物

说内心话，我从来没读完过
唐朝那些著名的诗
三百首，是个不小的数字
要是每熟记一首

奖励一块钱
也许我很早就做到了
这本最佳的儿童纸质读物
本该放在小学生的书包
每一页都有自动敞开的窗口
从那里看到一个长着翅膀的天地
说话，书写，吟咏
植入你感知的某个器官
你才会自由地飞翔
这是一个汉语诗人的必经之路
遗憾的事情发生了
它放在我没有上锁的抽屉里
每天用来夹放货款，收据和账单
繁琐的磨损
我的头发越来越少
这本由远方出版社出版的儿童读物
也难逃厄运，同样快要掉光羽毛

（原载《长江丛刊》2018 年 6 月号）

# 杨华之

## 苦　楝

苦楝子在深冬迟迟不落一定有
其他树木所不具有的深意
山坡上除了仅存的几枚柿子成为
鸟雀们的最爱，诸多果实
已与泥土融为一体
一场雪或是寒霜足以摧毁
飞翔的翅膀，唯有苦楝
怀抱热情接纳流亡的孤魂
而这并不会使它得到温暖和感恩
它总是那么无怨无悔
春天到来，无人唤醒已气息奄奄的它

## 灰喜鹊

你把红薯和糯米杵就的糍粑
晾在门前的支架上
惹得灰喜鹊忽上忽下

兴奋地叫唤
你的吆喝更多时候都是
一种徒劳，竹椅旁
小木棍被你多次扔出去
短暂的安静你才能
一针一线纳鞋底
想到这我就更加想看
你和灰喜鹊对抗
现在，我学着你的模样
把红薯和糯米杵就的糍粑
晾在腊月的阳光下
不知它们是否失去了
曾经的味道
反正灰喜鹊们再也没有飞来

## 所谓的寒冷

可以叫冬天，但不能叫寒冷
在东莞，不到零下的温度
好多人像面对风刀霜剑
缩着脖子，纷纷抱怨这鬼天气
8000 人的工厂
你终于能够分清
哪些人来自北方，哪些人

来自南方。对于一个
从冰窖中走出的人，此刻你一定是
对这样的天气只字不提
这多像俗世的生活，悲哀
或是痛苦，你承受多了
你就会心静如水，对它麻木或者漠视

## 谷　雨

布谷喊哑了嗓子
稻种枯死了嫩芽。说好的雨
迟迟不来

翠鸟歇在去年的苇秆上
睁着失望的眼
河床裂开无数伤口

手握捕鱼器的人还在寻找水源
他不懂得意外来自
平时的放纵

他更不懂得敬畏雨水的孩子
更不懂得
滋养五谷的雨，就是滋养我们的乳汁

## 白　露

稻子熟了该用沉甸甸来形容
狗尾草结籽了
该怎么说

它叶子还是那么绿，仿佛
对结的籽儿不满意
仿佛还想重新结一次

一只蜻蜓歇在它茎秆上沉默着
它翅膀湿润
正等着阳光爱抚

而草叶上有着更大的湿润
一滴露珠滚落了
又一滴露珠跟过来，像挂在谁的睫毛上

## 过旗峰山

过旗峰山，几条弯道旁
有好多棵

歪歪斜斜的香樟
枝干折了
叶子，依旧泛着油光

曾经的风暴
并没有将它们击垮
算一算“山竹”已过去两年
肆虐的伤痛
已化成生命的傲然——

那么多小香樟从根部钻出来
无烦无忧
生命如此安详
你只能想象
这片森林，曾经遭受过怎样的劫难

（以上选自诗集《道滘镇》，四川民族出版社2019年5月出版）

# 杨义祥

## 原野上的鸟

——写给曹禺先生《原野》发表80周年

或者着荷花衣裳，拨纤纤玉指
于马昌湖滨，临水而立
静候秋月如银
你与我诉万里乡思、千般闲愁……

或者倚水杉身旁，奏嘤嘤洞箫
于东荆河畔，翘首以望
待《原野》《日出》
你与我相伴而行，歌楚地辽阔
览章华盛景……

我是花金子，隐身在油菜花丛
我是陈白露，泛舟返湾湖中
我是周繁漪，端坐在你祖居的阁楼上
你来，或者不来；我都在，我们——都在
你就居住在我的魂魄里、我们的血液中
像汉江日夜奔流的涛声

比月光更清辉，比湖水更宁静
比荷香更沁远……

所以不需要打捞
这里是我的家乡，也是你的故乡
你这只“南来北往的飞鸟”，倦怠的时候
请歇一歇脚，在高耸的水杉枝头
在含笑的梅花丛中

我与你的约会，不必要设定剧情
设定时空。你看——
南门河广场，人潮如织
你酝酿的《雷雨》，风暴一般，回响在头顶
梅苑古街，花香馥郁
千万树梅花，前一秒还在舞台
后一秒便飘落在乡亲的身边
微风拂煦，柳枝轻舞
氤氲处，一幅江南水彩
泼洒出盈眼的“园林春光”

在小城潜江，你的名字，是纷飞的杨花
你的作品，是常青的故事
我是你心爱的人儿
一如南门河水，流淌在她的——
大街小巷，巷陌沟渠……

江汉平原的风，东西南北吹
南来北往的“啃曹族”，候鸟一般
不绝如缕。他们来自上海，来自北京
来自天津，来自武汉
来自重庆，来自香港……
他们来自日本、英国、韩国
来自马来西亚，来自新加坡……
寻访和朝圣，是他们永远的主题
他们皓首穷经，意图破解经典的玄机

江汉平原的水，春夏秋冬流
“梅花奖”过后，“牡丹奖”上场
更有乡土的悠悠花鼓
“呦呦咿呦—呀吙咿吙哎—咿呀嗨—”
在苍茫中回荡——幸福啊
作为你心爱的人儿
我们定居在潜江
你什么时候来，这里都风调雨顺
什么时候来，这里都鸟语花香

（选自《湖北诗歌》）

# “梦里水乡”幽思

## 一、我又找到了我的房子

我的房子，泥坯墙，茅草顶，坐落
在松软的泥土上，散发着
幽幽的草香。像岁月
在泛黄的照片中
微微荡漾……

我的房子，在清清亮亮的水上
我俯下身子，捧起水
就像捧起，童年的时光
我看见曾祖母，慈祥的笑容
浮在水面上……
我听见儿时的歌谣
“推嘎磨，给嘎磨
磨的粉子细不过
拡的粑粑甜不过……”

我的房子，在回环的池杉林中
踏进树丛，我能找到知了壳
找到鹌鹑蛋，找到布谷的歌声……

我听见，有人在唤我的乳名
我的乳名，在微风中
飘飘荡荡……

我的房子，在炊烟缭绕的雨巷
我的房前，有熧米茶、火烧粑的飘香
我的窗外，有糯米、糍粑的味道
我的小巷，有捏糖人、卖油纸伞的
艺人和小贩
我的禾场，有皮影戏、采莲船的音腔
……

我的房子，在你一次次半夜醒来的
梦里水乡——

## 二、如果你是一只白鹭

水波潋滟，岸芷汀兰
如果你是一只白鹭
你会否收敛翅膀，歇下来？
踏进梦里水乡，我的想象就
开始飞翔——

我会在这里筑巢，用岛上柔顺的阳光
和野草，筑一个温暖的巢。盛放
安静的水，盛放斜阳，盛放

划过枝头的微风，以及
你透过树丛的罅隙
撒下的略带潮湿的笑脸

我的世界春光融融……

我要卸下沉重的疲惫，卸下
忙碌的喧嚣人间，也
卸下梦。我要让梦回到梦中
让自由回到自由。如果你愿意
我把身后长长的日子
交给你，交给这方水域的船帆
我要让长长的日子，像
船帆一样远航……

我会站在高高的池杉树巅
为你赋诗，为你吟唱
为你放飞七彩的凝望……

如果你是一只白鹭
我甚至会漂白自己，成为你的同类
不，成为你的同伴
成为你追逐的另一半
我会挽起你的手臂，我们一起
分享爱，分享嘹亮的雨水

分享浩荡而又洁净的秋日阳光

然后，我们潜进去
成为，两尾鱼——

**三、覆盖天空的水**

请站过去
站在一棵树下
站成一株池杉
去装饰她，去成为
她眼里的水，水中的波纹
去划动她，像她身边的鸭子
一只、两只
三只鸭子……

你是否找到
触摸的感觉？这种触摸
比真实更虚无，因虚无
而激动
如同头顶，若有若无的
风——

请站过去
站进一片树林
站进一片水中的池杉林

去成为，他们的一分子
去，扮演他们的角色；去
包围他们，切割
他们，雕琢他们
丰富他们。像他们
身边的，
水——
你，因此
走进了历史，就像
走进了——你自己

去聆听
他们内心的，水声
激荡的，水声——
升腾与平静，本来就
适合勾兑，适合畅饮。借助
他们的浩大，你可能打开
掩藏的冷，和
寥落的孤单

请贴近她
贴近，这无所不在的浩瀚
把自己站成天空，完成
一次辽阔的，覆盖——

（选自中国诗歌网）

# 袁厚凯

## 一只鸟

一只鸟走了
听觉开始虚幻
眼睛的高度
像鸟的翅膀断裂
从绿色的山谷慢慢地向下滑落
子弹
穿过蓝色的天空
将山的呼吸凝固
我的想象
盘旋在枝头
却无法充当那只鸟的翅膀

## 岁　月

可以将思念雕刻成我额头上的沟壑
怎么可以随意阻拦你对我的探望
如果有一天

我再也不能在约定的时间见到你
我的快乐会忧郁而死
还有我的子孙们
没有你的音讯
他们的世界无能多么精彩
天空也是暗淡的

（选自《雷雨文学》2018 年夏季刊）

# 张　燕

## 如果累了，就回家

如果累了，就回家
听听妈妈最近去了哪些亲戚家
看看爸爸菜园里白菜萝卜发芽了吗

如果累了，就回家
听听叔叔讲述村里的变化
看看婶婶家新娶的儿媳漂亮吗

如果累了，就回家
听听堂哥在外打工的辛酸苦辣
看看堂嫂渔网里网到的是鱼还是虾

如果累了，就回家
问问妈妈是不是又想你了
回答爸爸自己的烦恼已经解决啦

如果累了，就回家
问问哥哥班里的学生是否听话

回答侄子为什么他老姐这次没回家

如果累了，就回家
问问在西藏的堂哥还好吗
回答乡亲们你一言他一语的问话

如果累了，就回家

## 从　前

我们跟你讲故事
有时候
会用“从前”开头

于是
聪明的你
学会了这个词

昨天
你要给我讲故事
你也说“从前啊——”

（选自作者博客）

# 诸葛慧静

## 芦花的美

美过冬天的积雪
——有一句诗行如此赞美
为了寻芳，我们一路
向乡野深处驰骋

骏马奔腾处，烟尘肆虐
在开阔的原野
你在田埂，在屋角
在河边，风姿绰约

附身轻唤或仰头膜拜
那一刻，你为风倾倒
妩媚，倾心，倾情
我为你倾倒，成冬天的小鸟

## 寻找遗落乡间的青瓷

不遗余力，冒风雨霜寒
可幸，是在平原
泥土肥沃，长所有的植物
水草茂盛，养所有的鱼虾

你在哪里，藏身多年的姑娘
也许已垢泥裹身
也许已满身伤痕
不怕啊，姑娘

曾经高温灼烫
极易脆裂的身体
已锻造得很坚强
打扫泥垢，你依然纯洁芬芳

## 在乡间

野菊最热情，每一次到来
都得到她的欢迎
且呼朋引伴

招来南瓜和白菜，下酒款待

你不必拘束
可以模仿花朵肆意地开
可以像伟岸的公鸡
大摇大摆

连藤蔓也来缠你的脚
快来，快来，餐桌已摆好
马上上酒上菜
你无法推脱，连说下次再来

## 枯荷是冬天最美的风景

绝不是耷拉着脑袋
是在低头沉思
那夏季的辉煌时光
一定会重返现场

散落在地上的莲蓬
莲子早已入众人的腹胃
夏热已被清退
她们没有邀功请赏

没有人再用亭亭玉立
将她们称颂，遗落的花瓣
已化成青泥，下一季的莲藕
莲花与莲子，正在孕育

（原载《中华文学》2018年第2期）

# 朱明安

## 郑家湖的女人

郑家湖，盛产美女
郑家湖一个又一个美女嫁做我邻居
我同学同事同乡同道和我相熟的男人
艳福太深霸气逾墙
喝酒吃饭吹牛谈天甚至
外出闯江湖出卖得意收获粉丝
无不鱼香味高粱辣
一身驸马公子帝王婿的模样

郑家湖，盛产美女
生产香米花鲢黄鳝菱角
睡莲开满湖面藜蒿蒲草点缀
水乡女孩子赤脚涉水划船
花鼓调三字经篾活儿针线女红
四季活在水肥草美艳丽花丛中
验证风水对女子
形象气质皮肤有形或无形的滋养

郑家湖，盛产美女
为什么独一帜独一份的优质姑娘
批量出口
章华宫被发掘
似乎诠释了那一切
丰美之地
物人必旺

## 风生水起的熊口码头

此地，大湖开了口子
过往商船上疲惫了
想抛锚歇桨
于是，岛上便有了人烟

一个姓熊的男子
湖边开店
笑迎沔阳沙市过路的客人
尝油条锅盔蛋酒以鱼为主打的“菜十碗”

有了染坊榨坊木雕作饼
篾行布行药铺学堂以及
商客留宿的能看皮影戏的客栈

熊口戏楼一唱成名以奢著称洋洋洒洒数百年

曾经重镇屯兵
绝去三三两两的响马绿林
镰刀锤子的红旗
插满城头乡村大平原

码头文化被早酒湿透
民歌艺人红透大平原
花鼓调悲悲戚戚
给闲下来的人遮天蔽日的暖

后来，小镇落地生根
湖口不再
码头不再
一座城灯红酒绿烟火弥漫

## 水城潜江

探细腰宫，登章华台
食翘嘴鲢鱼，品黄湾贡藕，
油焖虾，还有财鱼面，火烧粑
尽享高粱酒醺醉后的文化盛宴
那个地方曾经写进历史

如今名字叫潜江

碧春绿夏黄秋白冬掩映下的多个湖，
一座水城最醒目的标志
诡异地酿出
以东北高粱做酵母的原浆
楚王的喜好
浓烈的白酒豪气冲天
醉看垂柳般细腰扶风的绝色女子
窈窕了岁月

章华宫土藏千年
东荆河穿城而过
紫月湖美过秦淮河
农场，拓荒铁牛已安睡博物馆
石油城，住着天南地北老去的黑金寻淘者
戏剧大师故里，早已地覆天翻

有一碧千里的水
有温润潮湿的风
有风姿妖娆的女子
有干柴烈火的酒
楚文化千年积淀
农耕，鱼虾，化工石油和诗歌散文
茂盛葱茏

一批名品名牌名作名人
云上飞传漂洋过海
大师安息
您的衣钵在一个叫潜江的城市
被继承发扬

您的文思才情
从一个叫杨市的地方喷薄而出
抒写壮丽华章
光耀江汉
千古流芳

（选自作者博客）

# 中沙河

## 桃花朵朵

她的美丽在三千年前
就陷入了一场魅惑
被文字，豢养在诗经里
墨然生香

阳光像片片柔软的护舒宝
小心地呵护她娇嫩的红
春天不得不腾出三月
为她设身处地地安置闺房

枝头上的恬静
被人间的烟火滋养
怀春的人，摇起桨橹
正行进在忐忑的路上

## 寻家的雨

雨是有思想的，多年来
它腾云驾雾，四处游奔
就为了找寻一个事实上的家
一个名义上的认同

有时雷着嗓子喊
有时闪着电眼寻
有时躺在杨梅上
反复查找初夏，一个嘹亮的回声

问天，问地，问黎明和黄昏
也问山，问水，问落叶和鸟鸣
当问及江汉平原上的一棵水杉时
它停下来，和我攀了一会儿亲情
然后就走了，并说还会回来
但不确定归程

## 篱笆春秋

二十四根桩，扶正篱笆的二十四史

圈养一个安静的国度，执笔者
用满园绿植，攥录蔬果春秋

有辣椒与番茄竞红，有春韭与秋葵比墨
有茄子发起的紫色革命
引导一个季节的潮流

偶有造反者，如丝瓜、葫芦、蛾眉豆
企图顺藤索骥，越篱偷渡
都必须交出子嗣，以儆效尤

篱笆的资治，是一部秩序通鉴
它规范王国的制度，蔬民果众们
都必须循序跟进，按章遵守

## 报　复

一件发光的瓷器，镀上乡釉
就成为一个婉约词，一道晦涩的隐喻
在仰望的高度，它离你愈近
愈发不可企及

有时候举把弯刀，切割你的睡眠
有时候转片白砂轮，打磨你的呼吸

更多时候，它分流你梦中的雨季
滋养一片青翠欲滴的飞地

在黎明前怀恨，我亲自
决堤一场发自泪腺的山洪
狠狠地，报复了它的恣意

## 鸟　巢

树冠上的家
把绿色的护身符往檐前一挂
游食他乡的鸟儿便以虫为薪
喂养起雏子的远方和天涯

风云为渡，星月可筏
雾里雨里，衔一口温暖回家
把归如完卵的夕阳
哺入出壳成长的喙牙

我常常踉跄于一羽翅膀的渺小
却顿时坍塌在满巢母性的伟大
它有马里亚纳的深度
它有珠穆朗玛的海拔

（选自北京诗人网）

# 周忠义

## 在冬天

除了冷风裹挟着寒气
这个俗世间进出的路
每天都被匆忙与喧嚣拥挤
制造尾气的人们
自豪感代替了污浊的侵袭
一浪高过一浪的漂浮物
我们视若不见
除了不可企及的灵魂
多元素组合的行尸走肉
总是以世界的主宰自居
大喜过望　沾沾自喜
那些暴长起来的楼宇
在压低的黑云下摇摇欲坠
各种车辆的洪流
给上帝制造爬行动物的假象
诸神蒙住睿智的眼睛
一场雪毫无征兆地飘落下来
缺衣少食的鸟儿们

隐去了幽怨的歌吟
广袤的原野上
墓碑重新洗牌
有字无字的碑文
集体失语

## 雨一直下

就如愁肠，就如某种
无法释怀的思绪，还有伤感
雨啊，这无以掐断的愁

雨一直下，朦胧里
我看不见亲人远去的方向
雨一直下，那雨花冰凉
溅起寂寞的平平仄仄
我看见赶牛的父亲穿过雨雾
像一种黑暗，很久远的黑暗
风，裹挟着他瘦小的身躯旋转

雨一直下，母亲呢
那个带着芳年远走的村妇
她是否还站在村头某个黑暗的路口
把孤单回家的父亲眺望

雨一直下，这初春的寒雨
与天相接，与天堂相接
迷茫里，我找不到亲人忧郁的面庞
雨一直下，整夜的梦潮湿，冰凉
压抑着梦的翅膀
高天太远，太沉重的梦
再也无法抵达，亲人远去的地方

雨一直下，会一直下到清明吗
假如清明点不燃纸钱
那就期待一场光芒四射的太阳
能照着昼夜咳嗽不止的父亲
以及父亲、母亲远去的天外之乡

## 我终将被孤独带走

静水深流
漩涡潜藏
万物的复苏也唤不起
内心沉睡的湖
地平线低垂
把蒙尘的日月
推向我生命的浮光

爱像一些容易挥发的分子
模糊了从前的模样
容颜聚散似某种牌局
留下最后的虚妄
甚至于所有远去的路
都止于一个哀叹

神不在，神在，也救赎不了
那悲怆的离散
脚下是什么在碎裂
天地悠悠白云飘荡
越陷越深的黑暗
包裹我

而我
终将被孤独带走

（选自作者博客）